Bertolt Brecht beim Photographen

Porträtstudien von Konrad Reßler

Herausgegeben und
mit einem Nachwort versehen
von Michael Koetzle
Mit einem Vorwort
von Ditmar Albert

Affholderbach & Strohmann

Herausgeber und Verlag danken
für die freundliche Unterstützung

Werner Frisch (Augsburg), Liselotte Glässel (Augsburg),
Johanna Priller (Augsburg), Britta Roeder-Brecht (Darmstadt),
Franz Schreiber (Stadtarchiv Augsburg),
vor allem Dr. Anny Reßler (Neuburg/Donau)
für Hinweise und Informationen

den Mitarbeitern des Fotomuseums im Münchner Stadtmuseum
Petra Thiele, Ulrich Rathje, insbesondere Sonja Broschinski
für ihr großes Engagement bei der Herstellung der Druckvorlagen

dem Direktor des Münchner Stadtmuseums Dr. Christoph Stölzl

und ganz besonders dem Direktor des Fotomuseums
im Münchner Stadtmuseum Ditmar Albert,
ohne dessen großzügiges Entgegenkommen und rege Teilnahme
dieses Buch nicht zustande gekommen wäre

Erste Auflage 1987

Umschlaggestaltung: Michael Krupp
Lithografien: Repro-Mayr, Donauwörth
Satz: LibroSatz, Kriftel bei Frankfurt
Druck und Bindung: Wilhelm Röck, Weinsberg
ISBN 3-922524-29-X

Konrad Reßler: Bertolt Brecht, 1927 (Öldruck 24 x 30 cm)

VORWORT

von Ditmar Albert

»Das Medium Fotografie in seiner ganzen Breite und kulturgeschichtlichen Bedeutung darzustellen«, ist die offizielle Aufgabe des Fotomuseums im Münchner Stadtmuseum, das mit seiner ständigen Präsentation, seinen Sonderschauen, seiner umfänglichen Bilder- und Gerätesammlung und einer Bibliothek von ca. 15 000 Bänden sicherlich zu den bedeutendsten Instituten seiner Art in Europa zählt. Technik- und Motivgeschichte der Fotografie gehören nach der Konzeption des Hauses also zusammen. Schließlich: ohne lichtstarke Objektive keine Porträtfotografie; ohne handliche Kameras kein Bildjournalismus; ohne hochsensible Platten oder Filme keine Momentfotografie.

Die Fortschritte im optisch-apparativen und fotochemischen Bereich in Beziehung zu setzen zum fotografischen Bildschaffen durch 150 Jahre ist – kurz gesagt – didaktisches Ziel der permanenten Ausstellung im Museum. Meilensteine im Kamera- bzw. Objektivbau belegen die eine, Bildbeispiele aus allen Epochen der Fotografie die andere Seite, wobei die Münchner Fotopioniere – von Steinheil bis Hanfstaengl – naturgemäß einen besonderen Schwerpunkt unserer Sammel- und Ausstellungstätigkeit bilden.

Neben den wichtigsten Bildverfahren – von der Daguerreotypie bis zum Sofortbild – werden selbstverständlich alle Anwendungsbereiche der Fotografie anhand herausragender Bildleistungen dokumentiert; der Fotojournalismus ebenso wie das Fotodesign, die Reise- oder Architekturfotografie genauso wie das wissenschaftliche oder künstlerisch ambitionierte Lichtbild. Und auch die populäre Seite bleibt nicht ausgespart. Bildbände, Zeitungen und Zeitschriften – als die eigentlichen Multiplikatoren der Fotografie – sind in der ständigen Sammlung ebenso vertreten wie etwa Stereokarten, Postkarten oder Carte-de-Visite-Porträts.

Aus bescheidenen Anfängen ohne eigene Räumlichkeiten hat sich das Münchner Fotomuseum mittlerweile zu einem regen Forum mit internationaler Reputation entwickelt. Gut 100 000 Besucher im Jahr verweisen auf ein insgesamt gewachsenes Interesse am Medium und seiner Geschichte. Deswegen schon von einem »Fotoboom« zu sprechen, wäre allerdings verfehlt. Immerhin läßt sich ein allgemein gewandeltes Verhalten im Umgang mit dem Lichtbild konstatieren. So wird nicht mehr jedes fotografische Dokument, das sich einer augenblicklichen Verwertung entzieht, einfach weggeworfen. Fotografen-Nachlässe werden von den Erben wieder mit Respekt behandelt und Museen als Geschenk oder zum Kauf angeboten.

Für ein Institut wie das Fotomuseum – mit seiner begrenzten finanziellen und personellen Ausstattung – bedeutet eine entsprechende Offerte allerdings immer eine zweischneidige Angelegenheit. Den Nachlaß eines – sagen wir – gewerblichen Bildnisfotografen zu übernehmen, heißt nämlich in der Regel den ohnehin beschränkten Raum für Magazin und Lager mit weiteren zigtausend Glasplatten zu belasten, deren Sichtung bzw. Auswertung praktisch nicht zu leisten ist. Ganz abgesehen davon ist gerade die Atelierfotografie mit ihren standardisierten Posen, den immergleichen Hintergründen, Setzstücken, Accessoires und den genormten Bildformaten in öffentlichen Sammlungen meist ohnehin gut vertreten.

Entsprechend habe ich denn auch gezögert, als dem Museum 1984 das Archiv des Augsburger Lichtbildners Konrad Reßler angeboten wurde. Als »Hofphotograph« gehörte Reßler zwar zur gehobenen Garnitur der Porträtisten nach 1900. Überraschendes oder gar Sensationelles abseits einer soliden Bildnisfotografie war in den nachgelassenen Beständen dennoch nicht zu vermuten.

So kam es erst im Herbst 1985 zu einem Besuch in Augsburg, wo ich im Hause Bahnhofstraße 24 auch die Bekanntschaft der beiden Töchter Konrad Reßlers machen konnte. Ein Blick in den Dachboden lieferte zunächst das gewohnte Bild: Die Negativbestände aus Jahrzehnten fotografischer Tätigkeit lagerten dort, Tausende verstaubter Platten in Kisten und Schachteln. Die Frage nach Originalabzügen von Konrad Reßlers Hand förderte dann einige zeittypische Musterbücher mit Porträts aus

Augsburgs besserer Gesellschaft sowie eine Reihe ambitionierter Edeldrucke – Bildnisse und Landschaften – ans Licht. Als interessant für unsere Belange erwies sich im übrigen allerlei technisches Gerät, Laborutensilien etc. Schließlich zeigten mir die Damen noch ein in Packpapier gehülltes Päckchen, dessen fragiler Inhalt sich dann als der eigentliche Fund entpuppte: 32 Glasnegative (im Format 12,5 x 16,5 cm) mit Porträtstudien des jungen Brecht. Im Tresor des Lichtbildners hatten die Platten den Krieg überdauert und waren – nach Auskunft von Frau Dr. Anny Reßler – unmittelbar vor unserem Termin von ihr im Safe des Vaters aufgefunden worden.

Die Aufnahmen – zusammen mit dem einzigen erhaltenen Originalabzug heute im Besitz des Fotomuseums – dürfen ohne Übertreibung als die wohl interessantesten fotografischen Belege aus Brechts Frühzeit angesehen werden. Neben der ausgesprochen spielerischen Art und Weise der Selbstdarstellung, den unkonventionellen Posen, liegt das Besondere der Serie im Umfang und in der Tatsache, daß sich die Sitzung insgesamt erhalten hat. Auch die weniger gelungenen Platten wurden von Konrad Reßler also aufbewahrt und nicht – wie eigentlich üblich – vernichtet. Was hat den Lichtbildner bewogen, aus Tausenden von Negativen gerade diese 32 herauszusuchen, zu separieren und uns geschlossen zu hinterlassen? Womöglich knüpfte er an diesen Studiotermin mit Bertolt Brecht besondere Erinnerungen? Wir können nur vermuten.

Die Geschichte des Lichtbildes ist ganz wesentlich eine Geschichte des fotografischen Porträts, wobei dem Prominentenfoto eine besondere Rolle zukommt. Schon bald haben die professionellen Fotografen Fotos berühmter Zeitgenossen als lukrative Bildgattung für sich entdeckt. Einige dieser Aufnahmen bestimmen heute unser Denken, prägen unsere Vorstellung von historischen Persönlichkeiten. Bradys Lincoln-Porträt etwa oder Carjats Aufnahme des Dichters Charles Baudelaire, um nur zwei Beispiele zu nennen. Von Brecht gab es bis jetzt keine Porträts von ähnlich suggestiver Kraft. Mit Konrad Reßlers Bildnisstudien liegen nun allerdings Aufnahmen vor, die sicher schnell Anerkennung finden werden: als gültige Darstellungen des jungen Dichters und Bürgerschrecks Bert Brecht.

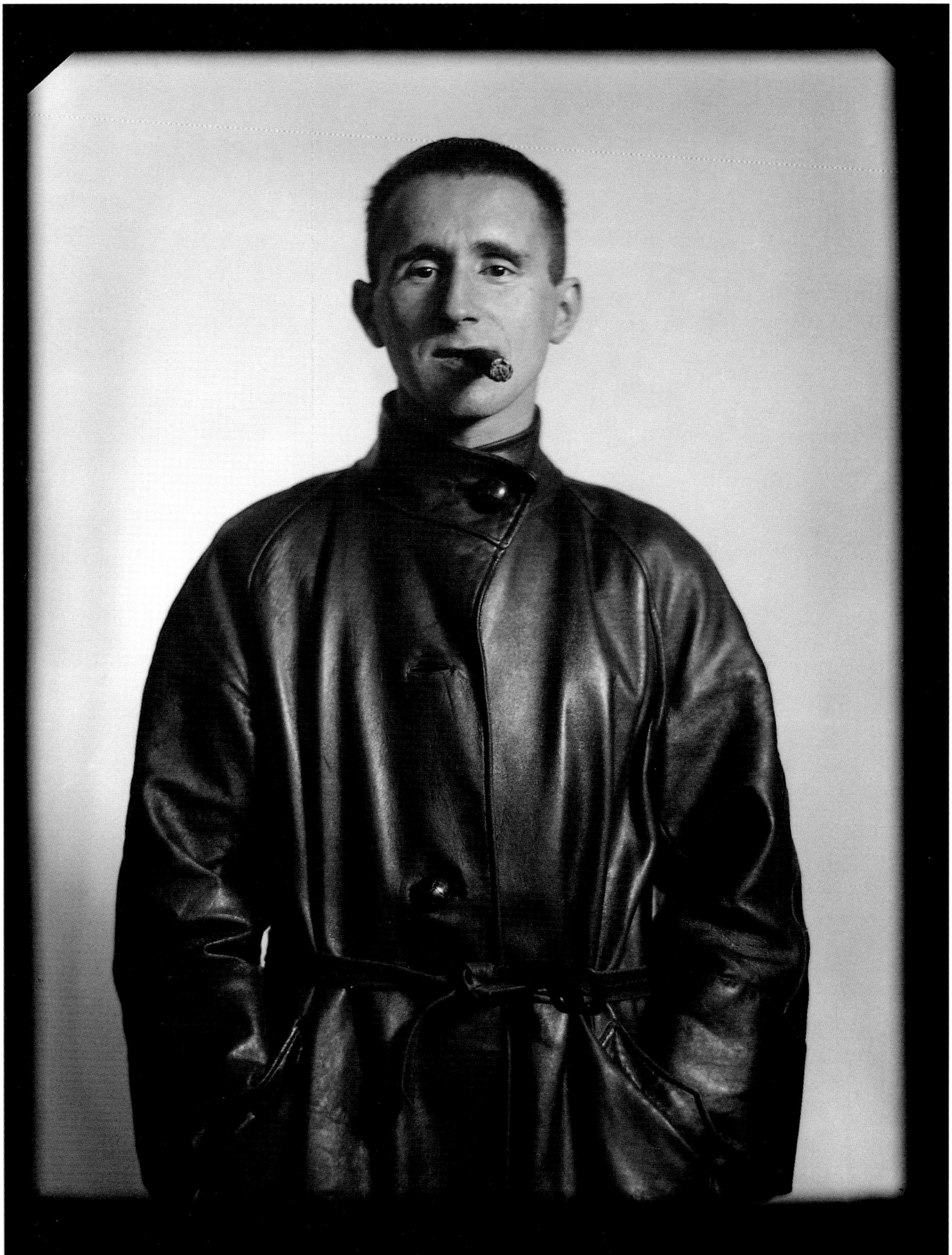

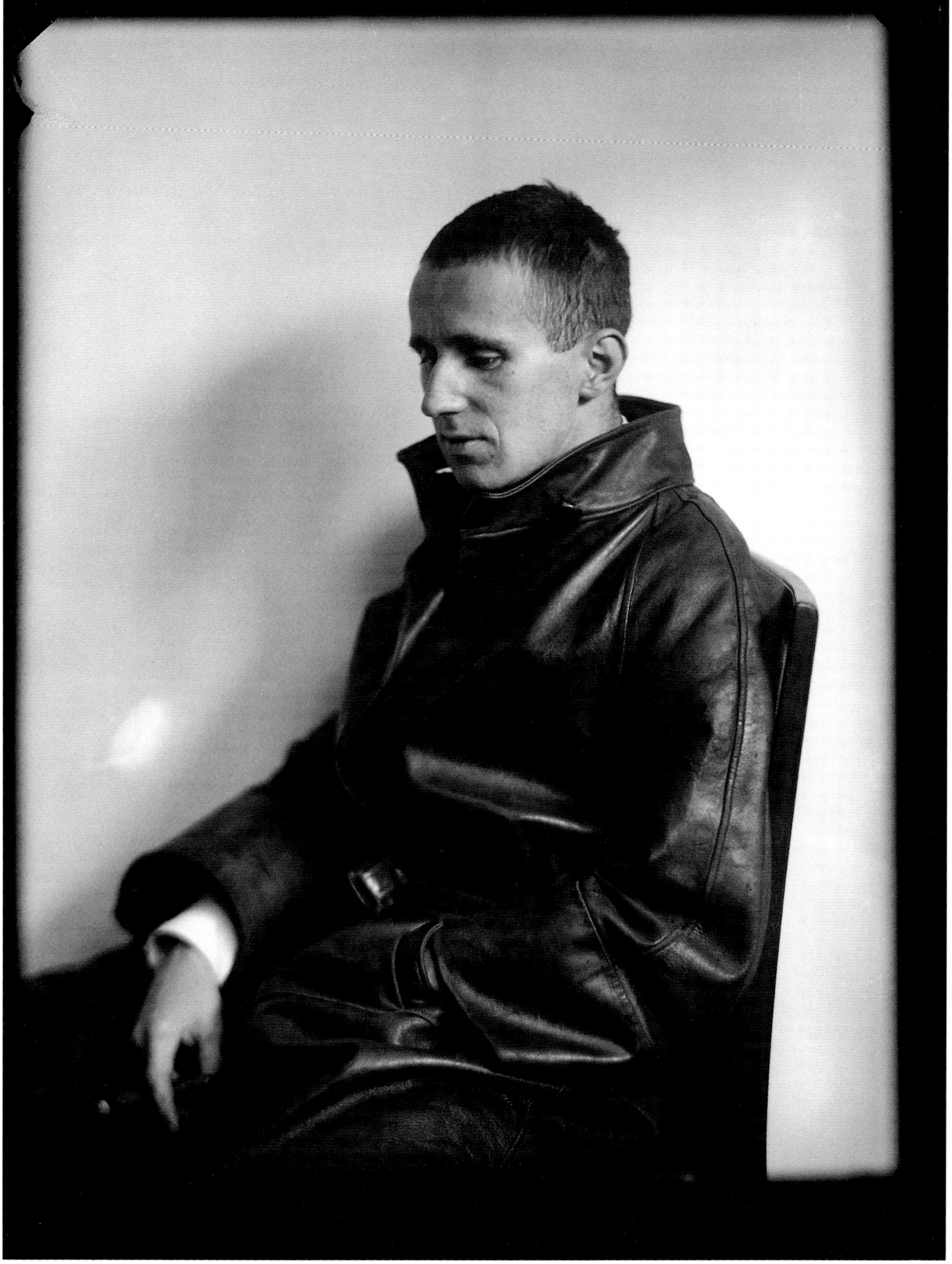

DER DICHTER UND DER FOTOGRAF
Bert Brecht im Atelier des »Hofphotographen« Konrad Reßler

Notizen zu einer ungewöhnlichen Porträtsitzung
von Michael Koetzle

Hoppla, wir leben

Weimar, 1927. Die Republik geht in ihr neuntes Jahr. »Golden« wird man diese Epoche nennen. Schillernd war sie im besten Fall. Eine Verschnaufpause zwischen zwei Katastrophen. Bewegte Zeiten zwischen dem Mief des ausgehenden Kaiserreichs und dem Terror des Faschismus. Ebert ist seit 1925 tot. Ein greiser Feldmarschall steht seitdem an der Spitze der jungen Demokratie. Außenminister Stresemann, die beständigste Kraft im Staat, hat noch zwei Jahre zu leben. Der Countdown für die »Republike wider Willen« (Tucholsky) läuft. 1,9 Millionen Arbeitslose zählt die amtliche Statistik für 1927. Fünf Jahre später werden es beinah sechs Millionen sein. Noch müssen sich die Nationalsozialisten mit lächerlichen 14 Sitzen im Parlament bescheiden. Im 6. Reichstag (1932) sind es dann 230. In diesen Monaten 1927 scheint es allerdings endgültig aufwärts zu gehen. Auch wenn eine Regierungskrise die nächste jagt: Unter den guten Jahren der Weimarer Republik bleibt 1927 eines der besten. Das Ruhrgebiet ist geräumt, Deutschland Mitglied im Völkerbund. Die Verträge von Locarno (Nichtangriffspakt zwischen dem Reich, Frankreich und Belgien) sind unterschrieben. Der Dawesplan regelt die Reparationen. Die Währung hat sich stabilisiert. Das Volkseinkommen steigt. Bei Kohle und Stahl ist das Vorkriegsniveau erreicht. 2 Millionen Rundfunkteilnehmer, 369tausend Automobile zählt die Statistik. Der Hindenburgdamm zur Insel Sylt wird eingeweiht, der Nürburgring eröffnet. Sieger des ersten Rennens: Rudolf Carraciola. Es gibt wieder Helden. Und allerhand zu feiern. Mit immer neuen Sensationen hilft die Illustriertenpresse die Nachrichten von gestern zu vergessen: Charles Lindbergh überfliegt den Nordatlantik. Und Johnny Weißmuller schwimmt einen neuen Freistilweltrekord. Da fällt das Sicherinnern um so schwerer. Wer denkt wohl noch an Liebknecht oder Rathenau. Lilian Harvey oder Willy Fritsch bewegen da schon eher die Gemüter jener Tage. Man tanzt Slowfox oder Charleston. Sofern man Arbeit und zu Essen hat. Im Berliner Ufa-Palast am Zoo wird Fritz Langs Film »Metropolis« uraufgeführt. Hermann Hesse bringt seinen »Steppenwolf« heraus. Und von Franz Kafka erscheint posthum der Roman »Das Schloß«. 1927: Ein gutes Erntejahr für die Künste. Carl von Ossietzky übernimmt die Leitung der »Weltbühne«. Und mit Ernst Tollers Stück »Hoppla, wir leben!« eröffnet die Piscator-Bühne am Berliner Nollendorfplatz. Von da sind es dann nur noch ein paar Schritte bzw. 1975 Tage bis zur »Machtergreifung«.

Augsburg, Bahnhofstraße

Aber noch ist Sommer. Sommer 1927. Ein junger Mensch geht über den Augsburger Königsplatz in Richtung Bahnhofstraße. Die Hände in

Augsburg, Königsplatz, Bildpostkarte um 1910

Augsburg, Bahnhofstraße, Bildpostkarte um 1910

den Taschen des langen schwarzen Ledermantels. Ein schmales, asketisches Gesicht, dunkle Augen, kurzgeschorene Haare, Lederkrawatte um den Hals. Nicht gerade das, was einen schwäbischen Bürger ins Schwärmen bringt. Eine hagere Mischung aus Kommissar und Sträfling. Ihm soll es recht sein, solange sie sich sein Gesicht merken und seinen Namen, wie sie allmählich anfangen, nach seinen Moritaten zu pfeifen. »Schreiben kann ich«, hat er schon vor Jahren selbstsicher prophezeit, »ich kann Theaterstücke schreiben, bessere als Hebbel, wildere als Wedekind.« Inzwischen ist er neunundzwanzig, hat in fünf Jahren fünf Stücke auf die deutschen Bühnen gebracht, er hat den Kleist-Preis erhalten und einflußreiche Förderer für sich gewonnen: den Kritiker Ihering, den Erfolgsautor Feuchtwanger. Und kein geringerer als Kurt Tucholsky wird demnächst seinen ersten Gedichtband – die »Hauspostille« – feiern.

Es gibt also einigen Grund zu Optimismus. Auch wenn ihn der große Kerr nicht leiden mag und die Nationalsozialisten ihn auf ihrer schwarzen Liste führen. Aber wen kümmern in diesen Sommertagen 1927 schon die »Mahagonnys«, wie er sie nur verächtlich nennt. Und ohnehin beschäftigt ihn im Augenblick etwas ganz anderes: Ein Singspiel geht ihm durch den Kopf, eine Art Anti-Oper, jedenfalls »ein Versuch, der völligen Verblödung der Oper entgegenzuwirken.« Einen Namen hat das Werk noch nicht. Aber viel Whisky wird fließen, soviel steht fest, und Blut und Huren und kleine Ganoven werden darin vorkommen und eine minderjährige Witwe. Gemordet wird, geschändet und gebettelt. Im nächsten Jahr kommt es auf die Bühne. »Dreigroschenoper« wird das Stück dann heißen und als größter Theatererfolg in die Annalen der Weimarer Republik eingehen.

Aber das wird erst 1928 sein. Noch ist Sommer 1927, und der junge Mensch hat gerade das Haus Bahnhofstraße 24 erreicht. Er biegt in eine Toreinfahrt. Schaukästen links und rechts an den Wänden. Der junge Mensch bleibt stehen und sieht sich die Fotografien an. Schulklassen, Militärs in Uniform, Eheleute, Corpsstudenten, lokale Prominenz: der Bischof Maximilian, der Domkapitular, der Oberbürgermeister. Alles anständige Leute in anständigem Sonntagsstaat. Um Ernst, um Würde, um ein Lächeln bemühte Gesichter in schmeichelhaftes Licht getaucht. Selbstbewußte Bürger, die es zu was gebracht haben. Zu was hat er es gebracht? Zu einem Herzfehler, einer Handvoll Skandalen und drei Kindern von drei verschiedenen Frauen. »In mir habt ihr einen«, heißt es in einem seiner frühen Verse, »auf den könnt ihr nicht bauen.« Vielleicht der einzige Satz, den er zu allen Zeiten unterschrieben hätte.

Noch immer steht er vor den Fotos. Er überlegt. Gut möglich, daß er sich jetzt fragt, ob es wohl richtig war, sich hierher auf den Weg zu machen. Eigentlich läßt er sich nur ungern fotografieren. »Ich weiß, daß ich blöd aussehe«, wird er später einmal einem Freund anvertrauen. Andererseits, wie er in einem Brief nach Berlin bemerkt: »Hier ist es langweilig bis zur Verzweiflung und Arbeit!!« Also wird er den Nachmittag im Atelier verbringen. Im übrigen: Gute Bilder von sich kann man immer brauchen. »Zu dem ›Wert‹ eines Gedichts«, schreibt er, »gehört das ›Gesicht‹ des Verfassers.« Also wird er aus der Anonymität treten und den Leuten sein Gesicht liefern. Die Mechanismen des Marktes – gerade auch des literarischen – hat er schon lange durchschaut. Demnächst wird er ein Gedicht auf »Singende Steyrwägen« schreiben und einen Steyrwagen dafür kriegen. Er wird ihn bald zu Schrott gefahren haben und einen zweiten Text verfassen. Damit steht er dann 1. in der Zeitung und bekommt 2. einen neuen Wagen. Sein Umgang mit der Dichtung ist eben völlig unromantisch.

Der junge Mensch löst sich von den Schaukästen, geht die Passage weiter und stößt auf einen Hinterhof. Zehn Schritte und er steht vor einem niederen Fachwerkbau. »Konrad Reßler«, steht an der Türe, »Hofphotograph«. Er klopft. Ein Mädchen öffnet ihm. Sie lächelt, nickt ihm zu und ruft nach hinten, der Eugen wäre da. Daß sie noch immer Eugen sagt! Dabei nennt er sich doch schon lange Bert. Bert oder Bertolt. Das können sich die Leute merken: Bert Brecht. Er nimmt die flache Stufe und tritt ein. Die Türe schließt sich hinter ihm.

60 Jahre später

München im Juli 1986. Fast sechzig Jahre später also. Das Fotomuseum eröffnet seine Ausstellung »Bertolt Brecht beim Photographen«: 32 Aufnahmen des jungen Dichters oder »Stükkeschreibers«, wie er sich selbst zu nennen pflegte. 32 Brust- oder Kniestücke. Bert Brecht en face, im Profil. Aber immer mit Ledermantel und Krawatte. Teils ungewöhnlich angelegte, in jedem Fall professionelle Bildnisse. So hat man Brecht noch nicht gesehen: So munter vor der Kamera und lässig in der Selbstdarstellung. – Wo kommen diese Fotos plötzlich her?

Der Autor ist nun dreißig Jahre tot. Brecht ist zum Klassiker geworden. Seine Stücke gehören zum Repertoire der internationalen Bühnen. Seine Gedichte und Geschichten sind Schullektüre. Auch im Westen. »Ich beobachte, daß ich anfange ein Klassiker zu werden«, vertraut der 23jährige – nicht gerade von Bescheidenheit geplagt – seinen Tagebüchern an. Nun, rund sechs Jahrzehnte später, gilt Brecht annähernd unbestritten als *der* deutsche Dramatiker im 20. Jahrhundert. Viele seiner Zeilen sind zum geflügelten Wort geworden. Einige seiner Songs sind zum Schlager avanciert. Die Grundzüge seiner Biografie sind Allgemeingut. Man weiß um seine literarischen Anfänge in der Zeit der Weimarer Republik. Weiß von seiner Flucht 1933 vor den Nazis, aus Deutschland und durch halb Europa: »öfter als die Schuhe die Länder wechselnd«. Man kennt seine Probleme im Amerika McCarthys und weiß von seiner Rückkehr 1948 in den östlichen Teil dessen, was vom deutschen Reich übrig geblieben ist.

Was hier entsteht an Stücken, Prosa und Gedichten bleibt, von Ausnahmen abgesehen, marginal. Die letzten Lebensjahre – es bleiben ihm noch acht – sind vor allem ein hektisches Bemühen, das modellhaft auf die Bühne zu bringen, was im Exil entstanden ist: »DER GUTE MENSCH VON SEZUAN ist das 6. Stück, das zunächst nicht wird aufgeführt werden können«, resümiert Brecht 1941 nicht ohne Bitterkeit. Die anderen sind: »Mutter Courage und ihre Kinder«, »Herr Puntila und sein Knecht Matti«, »Die heilige Johanna der Schlachthöfe«, »Furcht und Elend des Dritten Reiches«, »Leben des Galilei«. Es sind seine besten. Kein Zweifel, Brecht hat darunter gelitten, fern der vertrauten Sprache und ohne Chance auf Inszenierung für die Schublade zu schreiben. Der späte Brecht ist also vor allem Regisseur. Der Brecht nach 1945 holt nach, was in den »1000« Jahren des Faschismus versäumt wurde: die Bühnenarbeit.

Die Fotos nach dem Krieg zeigen den Dichter folglich nicht am Schreibtisch, sondern auf der Probebühne, im Parkett des Theaters, umringt von Schauspielern und Dramaturgen. Seine Haltung wirkt müde. Sein Gesicht ist flach und zugleich seltsam spitz geworden. Der Blick weicht aus. Die Lippen schmal. Der Mund wie zahnlos. Die Haare nach Cäsarenart in die Stirn gebürstet. Und immer diese gleiche dunkelblaue Joppe. Der Brecht, wie man ihn kennt. Der Brecht, den man vor Augen hat, wenn man in diesen Tagen von ihm spricht: nachdenklich, schlicht, uneitel, frei von jeder Pose.

Und nun auf einmal diese Bilder: Brecht neunundzwanzig Jahre jung. Ein von sich überzeugter Twen. Ledermann und knabenhafter Selbstdarsteller. Genie und Früchtchen. Dichter, Dandy, ein antibourgeoiser Geck. Nochmal: Wo kommen diese Fotos her? Wann, wo und unter welchen Umständen sind sie entstanden? Und wer ist dieser Fotograf?

Ein Lichtbildner in der Provinz

Wer anläßlich der Münchner Ausstellung die Fotoliteratur nach einem Konrad Reßler durchforstet, fahndet vergeblich. So berühmt der Dichter Bertolt Brecht inzwischen ist, so verschüttet sind Werk und Vita seines Fotografen.

Rückseite einer Visitkarte, um 1880

Die einschlägigen Fotografenlexika schweigen sich ebenso aus wie die gewichtigen Abhandlungen zur Geschichte des Lichtbildes. Allein in Heinz Gebhardts minutiöser Darstellung der Fotografie im Königreich Bayern taucht sein Name einmal auf: in einer Aufstellung der »Hofphotographen« zwischen 1857 und 1912.

Als Atelierfotograf und solider Handwerker gehörte Konrad Reßler zu jener großen Gruppe professioneller Lichtbildner, die zwischen Anfangs- oder Pionierzeit der Fotografie und dem Zeitalter der Knipser, die Bildbedürfnisse einer bürgerlichen Klientel zu befriedigen wußten. Die Bildauffassung dieser Fotografen war in der Regel ebenso standardisiert wie die Abmessungen ihrer Porträts. Nicht mit großen, individuell formulierten oder gar künstlerisch ambitionierten Bildnissen sicherten sich die meisten Wohlstand und somit soziales Ansehen, sondern mit Dutzendware im Carte-de-Visite- oder Cabinet-Format. Von der herkömmlichen Fotogeschichtsschreibung ignoriert, ist das Gros dieser Ateliers des 19. und frühen 20. Jahrhunderts heute vergessen. Der Lichtbildner und »Hofphotograph« Konrad Reßler wäre es wohl ebenso endgültig, hätten sich nicht in seinem Nachlaß an die drei Dutzend Bildnisse Bert Brechts gefunden.

Am 25. Oktober 1875 wird Konrad Reßler als erstes von vier Kindern in Donauwörth geboren. Der Vater, Anton Reßler (1846–1903), hat im elterlichen Geschäft in Weilheim die »Lebzelterei« (Lebkuchenherstellung) erlernt. Nach dem deutsch-französischen Krieg von 1870/71, den er an der Front erlebt, sattelt Anton Reßler allerdings um und verlegt sich auf die Fotografie, deren Technik er sich im Augsburger Atelier der »Gebrüder Martin« aneignet. Nach vierjähriger Tätigkeit heiratet er die jüngste Schwester seiner Lehrherren, Ursula Martin (1848–1926), und macht sich zunächst in Donauwörth selbständig, um bereits 1878 im neuerbauten Haus in Neuburg an der Donau ein größeres Fotostudio zu eröffnen.

Hier, in der Bahnhofstraße B 86, wächst Konrad Reßler auf. In Neuburg besucht er die Volks- und Realschule. Im väterlichen Betrieb erlernt er die Fotografie. Die Zeichen stehen günstig. Noch verspricht das Fotografenhandwerk goldenen Boden. Die Bildwünsche eines ökonomisch erstarkenden gründerzeitlichen Publikums gilt es zu beantworten. Im übrigen haben technische Verbesserungen im Atelierbereich – Entwicklung lichtstärkerer Objektive, Einführung der Gelatinetrockenplatte – die Porträtarbeit erleichtert. Was liegt also näher, als in die Fußstapfen der Eltern zu treten.

Beim Vater lernt Konrad Reßler die Aufnahme, bei der Mutter Kopiertechnik und

Konrad Reßler (links) und Mitarbeiter des Ateliers »C. Schulz« in Riga, 1895 (Cabinetkarte)

Retusche. Den Lehrjahren folgen ab 1893 Wanderjahre mit Aufenthalten in Heilbronn und Stuttgart, auf der Insel Helgoland bei dem bekannten Lichtbildner Franz Schensky, schließlich in Petersburg und Riga, wo er im Atelier »C. Schulz« seine Kenntnisse vervollkommnet. Zwischendurch hat Konrad Reßler sich daheim zum Militär gemeldet. Ab Juli 1899 ist der junge

Konrad Reßler, 1897 (Visitkarte)

Fotograf noch für ein halbes Jahr in Bukarest. Als Mitarbeiter der Firma »Spirescu« besorgt er einen Auftrag der Rumänischen Regierung: Landschaftsaufnahmen aus der Dobrudscha für die Pariser Weltausstellung. Zur Jahreswende kehrt der 24jährige dann zurück und übernimmt am 1. Februar 1900 das Augsburger Geschäft der Onkel Eustach und Ignaz Martin.

Ignaz Martin (1843–1895), ursprünglich Glasergeselle, macht in den 60er Jahren des vorigen Jahrhunderts Bekanntschaft mit der Fotografie. Erste Bilder auf Papier entstehen zunächst in Dresden, später am Heimatort in Aichach, wo die Geschwister ebenfalls in den Bann des neuen Mediums geraten. Kurzentschlossen gibt nun auch Ignaz' Bruder Eustach (1851–1913) sein Glaserhandwerk auf und beginnt in München bei dem bedeutenden Lichtbildner und Fotopionier Joseph Albert eine Lehre. Von dort geht es nach Innsbruck, wo er bis etwa 1871 im

Eustach Martin, Maria Blehl, geb. Martin, Ignaz und Anna Thekla Martin (v. l. n. r.), um 1880 (Cabinetkarte)

Atelier des »Hofphotographen« Friedrich Bopp arbeitet.

Inzwischen reist Ignaz durch seine schwäbisch-bayerische Heimat. In bester Tradition der frühen Wanderfotografen versorgt er die ländliche Bevölkerung zwischen Donau und Lech mit Porträtaufnahmen. Bei der Verwandtschaft auf dem Land nimmt er Logis. So kann er billig wohnen und auf Empfehlung der Familie Bekannte, Nachbarn und Freunde porträtieren. Das derart erwirtschaftete Vermögen ermöglicht 1870 die Gründung eines Ateliers in Augsburg, gemeinsam mit seiner Schwester Ursula.

Augsburg, Bahnhofstraße 22 (später 24), um 1875 (Visitkarte)

Eustach und Anna Thekla kommen als weitere Mitglieder der Familie 1871 hinzu.

Bereits 1895 stirbt Ignaz Martin, Gründer der »weitbekannten Firma«. Ein offensichtlich beliebter und »allgemein ehrengeachteter Herr«, wie dem ausführlichen Nachruf in der »Neuen Augsburger Zeitung« zu entnehmen ist. Schon 1893, ein Jahr nach seinem Bruder, hat er sich aus dem Geschäft zurückgezogen. Bis zur Firmenübernahme durch Konrad Reßler im Jahre 1900 leitet der später in Reichenhall tätige Lichtbildner Peter Schmid den Betrieb.

Konrad Reßler übernimmt ein solides Atelier in guter, wenn auch nicht zentraler Lage. Nicht sonderlich breit und auf beiden Seiten von Bäumen begleitet, vermittelt die Bahnhofstraße

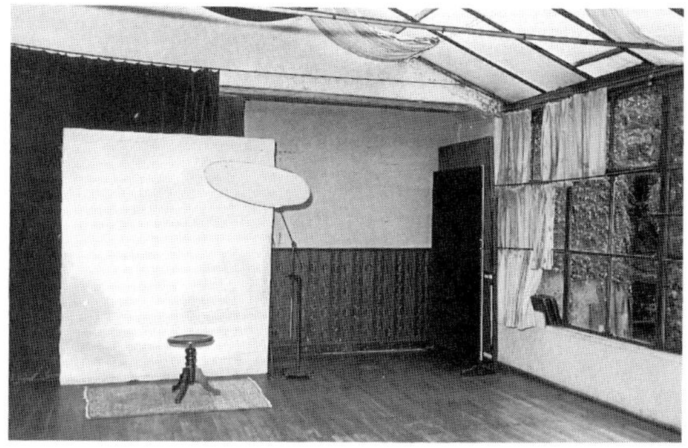

Atelier Reßler, Aufnahmeraum

Augsburg, Blick vom Bahnhof in die Bahnhofstraße mit Haus Nr. 24 (4. Gebäude v. l.), um 1910

(zwischen Königsplatz und Bahnhof) auf Ansichten der Jahrhundertwende den Eindruck einer eher beschaulichen Vorstadtstraße. Den Geschäften scheint das nicht geschadet zu haben. Über 50 000 Porträtaufträge zwischen September 1870 und November 1876 verweisen auf ein durchaus florierendes Unternehmen.

Das Anwesen selbst besteht aus einem dreistöckigen Vorderhaus im Stil der Gründerzeit und einem niederen Rückgebäude, dem eigentlichen Atelier. Über die Toreinfahrt und einen kleinen Hof erreicht man den eher bescheidenen Fachwerkbau: Im Erdgeschoß das Empfangszimmer mit Büro und einem Raum für die Retusche; im ersten Stock das Tageslichtstudio in »klassischer« Pultform, ein Dunkelraum zum Einlegen der Kassetten, das Labor, der Trockenaufziehraum und das Archiv.

»Gebrüder Martin – Inhaber Konrad Reßler« lautet ab nun die offizielle Bezeichnung der Firma. Ab 1907 kommt noch ein »Hofphotographen«-Titel hinzu, der ohne Zweifel Reßlers gesellschaftliche und ökonomische Stellung festigen hilft – nicht zuletzt gegenüber dem einzigen echten Konkurrenten am Ort: dem einige Jahre älteren Hans Siemßen (1866–1935), »Hof-

Atelier Reßler, Labor

Atelier Reßler, Empfangszimmer

Atelier Reßler, Plattenlager bzw. Trockenaufziehraum mit Blick in die Altane für Kopierrahmen (rechte Abb.)

photograph« seit 1899 und mit Adresse Bahnhofstraße 10 auch noch in unmittelbarer Nähe.

1914 heißt es dann: Mobilmachung. Konrad Reßler wird eingezogen. Während des Kriegs stirbt seine Frau. Erst 1918 kehrt er heim. Die beiden Töchter sind jetzt gerade vierzehn und sechzehn Jahre alt. Zum familiären Trauerfall

Konrad Reßler mit Ehefrau und Töchtern, um 1905 (Cabinetkarte)

kommen betriebliche Probleme. Das Porträtgeschäft geht zurück. Die schlechte Wirtschaftslage mit Inflation und Arbeitslosigkeit, die Einführung neuer fotochemischer und apparativer Produkte speziell für den Amateur – das alles beschleunigt einen Wandel im Bildverhalten der Gesellschaft: Man geht nicht mehr zum Fotografen – man knipst selbst. Mit anderen Worten: Die hohe Zeit der professionellen Bildnisfotografie ist mit dem Jahr 1918 allmählich vorbei.

Konrad Reßler, um 1910 (Cabinetkarte)

Konrad Reßler: Augsburger Rathaus (Westseite), um 1920

In der Architektur- und Industriefotografie findet der Lichtbildner Ergänzung. Überliefert sind Ansichten vom Rathaus, Innenaufnahmen des im Krieg zerstörten »Goldenen Saals«, Werksfotos für die MAN, die Haindlsche Papierfabrik. Hinzu kommt der Vertrieb von Bild-

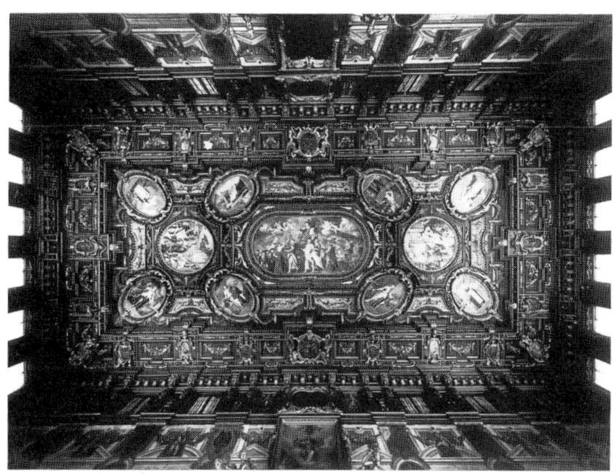

Konrad Reßler: Augsburger Rathaus, »Goldener Saal«, um 1920

postkarten. Belegt sind verschiedene Stadtansichten sowie Porträts von Prominenten, wie das des Bischof Dr. Kumpfmüller von Augsburg. Auf den Verkauf von Kameras und Zubehör mag sich der Fotograf nicht mehr verlegen. Es fehlt im übrigen ein Laden zur Straße hin, es fehlen Schaufenster etc. Schulklassen, etwas Werbung für lokale Unternehmen, gelegentlich ein Reportageauftrag – so 1931 über den Ballonstart des Schweizer Forschers Piccard in die

Konrad Reßler: Rollenpackmaschine in der G. Haindlschen Papierfabrik, Augsburg, um 1925

Stratosphäre – sichern auch weiterhin das Unternehmen, in dem ab 1921 die ältere Tochter Franziska mithilft.

Den Zweiten Weltkrieg übersteht Haus Nr. 24 als eines der wenigen in dieser bahnhofnahen Gegend mit reparablen Schäden an Vorder- und Rückgebäude. Nach 1945 ist Konrad

Konrad Reßler: Bischof Dr. Kumpfmüller, Bildpostkarte 1930

Reßler noch fast ein Jahrzehnt in unverändertem Ambiente tätig. Im 79. Lebensjahr gibt er dann schließlich auf. Das Unternehmen wird 1954 verkauft. Das Vorderhaus wird umgestaltet. In die unteren Wohnungen kommen Läden. Der Fotograf und Bildreporter Heinz Glässel übernimmt mit seiner Ehefrau das Geschäft, die es bis 1984 führt. Da ist der »Hofphotograph« Konrad Reßler bereits vierundzwanzig Jahre tot. Am 27. September 1960 stirbt der Lichtbildner in Augsburg. Kein großer

Atelier Reßler, Eingang Rückgebäude, um 1955

Nachruf in der Zeitung. Ein bürgerliches Fotografenleben ist zu Ende. Annähernd unbemerkt.

Brüder in Eintracht

Unmittelbar nach der Übernahme des Augsburger Ateliers (1900) ist Konrad Reßler Mitglied der »Augsburger Liedertafel« geworden. Er

Konrad Reßler, 1954

folgt damit einer guten Familientradition. Schon Ignaz und Eustach Martin waren engagierte Sänger und hatten sich – wie in den verschiedenen Nachrufen ausdrücklich hervorgehoben wird – große Verdienste um die Vereinigung erworben.

Augsburg, Bahnhofstraße 24, während der Umgestaltung, um 1955

1843 gegründet, stellt die »Liedertafel« Augsburgs älteste wie auch sozial erlesenste Chorvereinigung dar. »Ordentliches Mitglied«, heißt es in den Statuten, »kann jeder gesangeskundige unbescholtene Mann werden, welcher das achtzehnte Lebensjahr zurückgelegt hat

Augsburg, Bahnhofstraße 24, heutiger Zustand

und eine dem Kreise der Augsburger Liedertafel entsprechende gesellschaftliche Stellung einnimmt.« Zur »Liedertafel« zu gehören, bedeutet für den Neubürger Konrad Reßler also auch, in die bessere Garnitur des Augsburger Bürgertums aufgenommen zu sein. Lehrer und Rechtsanwälte verzeichnet das akkurat geführte Mitgliedsbuch, Kaufleute, Professoren, Fabrikanten, Privatiers. Durch die Bank gut gestellte Bürger, die natürlich auch als Porträtkunden in Frage kommen. Nachweislich zählen der Oberbürgermeister Kaspar Deutschenbauer und Singschuldirektor Albert Greiner zum Kreis der »Liedertafel« wie auch zu den prominenteren Auftraggebern Konrad Reßlers. Tatsächlich dürften sehr viel mehr Sangesbrüder dem Atelier in der Bahnhofstraße einen Besuch abgestattet haben.

Konrad Reßler: Kaspar Deutschenbauer, Oberbürgermeister i. R., 1927 (Öldruck 30 x 40 cm)

Zur »Pflege der Musik, insbesondere des Männergesangs« trifft man sich jeden Mittwochabend zwischen halbneun und zehn Uhr. Vereinslokal ist das (im Krieg zerstörte) »Café Kernstock«, Ecke Steingasse und Annastraße. Unter dem Bildnis des Chorgründers nebst Wahlspruch der Vereinigung (»Sehet, wie lieblich, sehet, wie gut, Brüder in Eintracht wohnen!«) probt man quer durch das deutsche Liedgut. Zweimal im Jahr kommt es zu öffentlichen Auftritten. Um die behördlichen Genehmigungen, um Saalmiete und die Musik kümmert sich Konrad Reßler, ab 1906 »1. Vergnügungsvorstand«. Die Erlöse gehen wohltätigen Zwecken zu.

Neben dem Lied ist es die »gesellige Unterhaltung«, die die Chorbrüder mehrmals im Monat zusammenbringt. Da werden Familienabende abgehalten, Garten- und Faschingsfeste veranstaltet, Ausflüge organisiert. Besonders gut scheint sich dabei der Baß Konrad Reßler mit dem Tenor Berthold Friedrich Brecht verstanden zu haben. Die beiden freunden sich jedenfalls an: der Fotograf und der sechs Jahre

Konrad Reßler, um 1905 (Visitkarte)

ältere Brecht, Mitglied der »Liedertafel« seit 1895, Prokurist in der G. Haindlschen Papierfabrik und stolzer Vater von zwei Buben: Eugen Berthold und Walter.

Man trifft sich bei den Chorproben. Gemeinsam gehen die Familienväter angeln. Von 1920 bis 1924 teilen sie sich ein Fischwasser bei Dinkelscherben. Mit Freunden treffen sie sich zum Tarock. »Vater ging gerne aus«, erinnert sich

Konrad Reßler: Mitglieder der »Augsburger Liedertafel« mit Joseph Hagg (links unten) und Brechts Vater (links Mitte), 1912

der jüngere Sohn Walter, »ob es nun die Liedertafel, der Anglerverein oder ein Kreis von Kartenspielern war, bei denen er sich entspannte. Er wirkte an festlichen Veranstaltungen mit. In der Faschingszeit wurden in der Liedertafel, oben im Café ›Kernstock‹, von Vaters Freund, dem Augsburger Stadtkämmerer Hagg, verfaßte Märchenspiele für Kinder aufgeführt; wir Buben wirkten mit und trugen prächtige Maskenkostüme.«

Ein Gruppenporträt aus dem Jahr 1912 zeigt Joseph Hagg und Vater Brecht mit weiteren Mitgliedern der »Liedertafel«. Fotografiert hat Konrad Reßler. Zu dieser Zeit ist der Lichtbildner schon gut zehn Jahre Hausfotograf der Brechts. Als Bildchronist der Familie fotografiert er den zweijährigen Berthold: im Rüschenkleidchen mit Trompete in der Hand und Strohhut auf dem Kopf. Er macht Aufnahmen vom Wohnhaus in der Bleichstraße. Er porträtiert die Familie im Sonntagsstaat und liefert zwei Jahrzehnte später die wohl schlüssigsten Porträts, die wir vom jungen Bert Brecht kennen.

Der Dichter und der Fotograf

Zur Zeit der Aufnahmen ist Konrad Reßler 51 Jahre alt, Inhaber eines angesehenen Unternehmens, »Hofphotograph«, Vereinsmitglied, Familienvater: eine unauffällige, solide bürgerliche Existenz. Das gerade Gegenteil der junge Brecht. Eine Skandalnudel mit zweifelhaftem Ruf, kompromißlos in Wort und Tat, im Auftreten und in der Kleidung immer darauf bedacht, Kopfschütteln oder Ablehnung, in jedem Fall Aufmerksamkeit zu provozieren. Ein »Scheusal mit Talent« hat Thomas Mann den 23 Jahre jüngeren Antipoden Brecht genannt. Das hätten viele Zeitgenossen ohne Zweifel unterschrieben. Was bringt also den soignierten Lichtbildner dazu, ohne nachweisbaren Auftrag die für die damalige Zeit ungewöhnliche Anzahl von fast drei Dutzend Platten in den jungen Bürgerschreck zu investieren? Es läßt sich nur vermuten. Beweisen läßt sich nichts.

Von Reßler selbst gibt es keinerlei Aufzeichnungen. Die Betriebsbücher, anhand derer sich wenigstens das genaue Datum der Aufnahme

Rückseite einer Visitkarte, um 1910

hätte ermitteln lassen, sind den Weg des Altpapiers gegangen. Sonstige Zeugen: keine. Und auch der Porträtierte schweigt sich aus. Kein Wort über den Kamerameister. Nichts in den Tagebüchern, den autobiografischen Notizen oder Briefen. Desgleichen: Nichts in Walter Brechts detailreichen Erinnerungen. Obwohl auch der des öfteren vor Konrad Reßlers Kamera gestanden hat. Und schließlich: Keine Zeile über den Fotografen der Familie in der inzwischen uferlosen Brecht-Literatur. Mit einem Wort: Ein Konrad Reßler kommt bis dato im geschriebenen Leben Brechts nicht vor.

Dabei waren die Beziehungen vielfältig und gingen erheblich über das Kartenspiel der beiden alten Herren hinaus. Des öfteren sei der junge Brecht gekommen, um die Klampfe auszuborgen, erinnert sich die jüngere Tochter, Anny Reßler. Und als es im September 1922 zur Uraufführung von »Trommeln in der Nacht« an den Münchner Kammerspielen in der Augustenstraße kommt, ist Konrad Reßler selbstverständlich eingeladen.

Wieviel oder wenig der seriöse Lichtbildner von den dramatischen Gehversuchen Bert Brechts auch immer gehalten haben mag – eins hat ihn an dem jungen Mann ganz sicher fasziniert: die ausgeprägte Physiognomie des zielstrebigen Nachwuchsautors. Sein Selbstbewußtsein, sein Anflug von Bohème, sein keck zur Schau gestelltes Dandytum. Der jugendliche Bilderstürmer, der hemmungslose Selbstdarsteller als willkommene Abwechslung zwischen den braven Bildwünschen seiner bürgerlichen Kunden. Das sich so gern gefühlskalt gebende Sensibelchen, der von sich überzeugte Dichter, das Genie von nebenan – davon eine Spur einzufangen, das hat den Bildnisfotografen zweifellos gereizt.

Vermutlich über den Vater wird die Porträtsitzung vereinbart. Über den Chorbruder und Freund läßt Reßler ausrichten, der Bertolt möge doch beim nächsten Augsburg-Aufenthalt einmal im Studio vorbeischauen. Seit 1924 tummelt sich der Brecht-Sohn in Berlin. Nur in den Sommermonaten kehrt er gelegentlich zurück, um ungestört arbeiten zu können. »Hier kenne ich wenige Leute und verkehre nur mit wenigen Leuten«, erklärt er einem Berliner Freund. »Augsburg hat zwei Kinos. Die wechseln in der Woche einmal ihr Programm. Da sind höchstens vier Abende besetzt, und ich langweile mich. Was kann ich tun? Ich muß arbeiten. So schreibe ich hier meine Stücke und komme zur Saison nach Berlin immer mit einem Stück.« Zweimal 1927, im Juni und Juli/August, ist Brecht im Elternhaus in Augsburg. An einem dieser Sommertage müssen die Aufnahmen

Visitkarten (Rückseiten), um 1905

entstanden sein: 32 Bildnisstudien des 29jährigen sind erhalten. Nach den Maßstäben des Handwerks ist nur ein Teil davon gelungen. Einige immerhin vermitteln – und dies vielleicht zum erstenmal im Bild – etwas vom vielbeschriebenen Charisma des frühen Brecht.

Frech wie ein junger Gott

Als mittelgroß und hager wird der junge Bertolt Brecht übereinstimmend geschildert, von schlechter Haltung, nachlässig gekleidet, um nicht zu sagen: abgerissen, und mit einer Phobie vor Seife. Im Grund ein Durchschnittstyp. Nur seltener gebadet. »Wie ein Radfahrer schaut er aus«, notiert Marieluise Fleißer, wie der unauffällige »Mann von der Straße, dem man die technischen Dinge in einer Fabrik eher zutraut als dichten«. Nichtsdestotrotz: »Genial« und »frech wie ein junger Gott«. Lotte Eisner erinnert sich an seine glatte Stirn und den »zerfransten Haarschopf«, vor allem an die »schönen Hände mit ihren langen, empfindsamen Fingern und seine seltsamen Augen, die gleichzeitig tief und durchdringend waren.« »Unter seinem Blick fühlte man sich wie ein Wertgegenstand, der keiner war«, schreibt Elias Canetti. »Unglaublich schien es, daß er erst dreißig war, er sah nicht aus, als wäre er früh gealtert, sondern als wäre er immer alt gewesen.« »Schmächtig, schlecht rasiert, verwahrlost«, resümiert Lion Feuchtwanger seinen ersten Eindruck. Arnolt Bronnen beschreibt den Jugendfreund als »dürr-trockenen, 24jährigen Menschen mit Stahlbrille und wirrem dunklem Haar«. Und Manès Sperber vergleicht den jungen Brecht mit einem »fanatisch-unduldsamen, die Nächstenliebe selten und ungern praktizierenden Mönch«. Als aggressiv und zynisch, als stolz und zugleich schüchtern wird er immer wieder dargestellt – eins war der frühe Brecht ganz sicher nicht: im engeren Sinne attraktiv. Dennoch scheint dieser »kleine Baal« (Högel) eine eigentümliche Faszination auf seine Umwelt ausgeübt zu haben.

So etwa auf Fritz Sternberg: Seit 1926 lebt der Soziologe in Berlin. Von Brecht hat er gehört. Kennenlernen mag er ihn nicht. An einem Abend geht er gemeinsam mit dem Maler Rudolf Schlichter essen. Einige Tische weiter bemerkt er einen Mann, »der eine Brille trug und auch zu Abend aß. Er fiel mir auf«, berichtet Sternberg, »wie er so dasaß, wie er die Hände bewegte, ging von seinem Gesicht und seiner Gestalt etwas Merkwürdiges, Unvergeßliches aus.« Wenig später bitten sie den Tischnachbarn herüber. Sternberg ist nicht der erste, der in den Bann des jungen Brecht gerät.

Bereits 1919 ist Marianne Zoff von München nach Augsburg übergesiedelt. Die gebürtige Wienerin – blutjung, bildhübsch, begabt – hat als »Spezialsängerin« einen Zweijahresvertrag mit dem Stadttheater unterschrieben. Eines

Augsburg, Stadttheater, Bildpostkarte um 1910

Abends zwischen zwei Akten – sie hat sich gerade in ihre Garderobe zurückgezogen – klopft es. Ein »spindeldürres Männlein« schlüpft herein, »überaus ungepflegt, mit einer strapazierten Lederjacke, in einer zerbeulten, alten Cordhose und mit einer schäbigen Schiebermütze in der Hand.« Der junge Mensch macht Komplimente. Er lobt die Stimme, die Darstellung. »Das alles mit starkem, schwäbisch-bayerischem Akzent.« Die dermaßen Gelobte dankt in der Hoffnung, der ungebetene Gast möge nun wieder verschwinden. »Er aber bat, Platz nehmen zu dürfen und begann ohne Unterbrechung zu reden«, erinnert sich die Sängerin. »Ich wunderte mich, warum ich ihn noch nicht hinausgeworfen hatte, betrachtete ihn dabei aber nicht ohne Faszination, so wie man ein exotisches Tier im Zoo beäugt. Der asketische Schädel gefiel mir, der schmallippige Mund bewegte sich fortwährend, die dunklen Knopfaugen stachen, seine schmalgliedrigen Pianistenhände gefielen mir. Du spinnst wohl, schoß es mir durch den Kopf, als ich mich dabei ertappte, diesen schwäbelnden Eindringling sympathisch zu finden.«

Noch eine Weile, und Marianne Zoff wird Mutter. Der Vater: Bertolt Brecht. Man heiratet. Man läßt sich wieder scheiden. Die gescheite Wienerin ist nicht die letzte Frau, die diesem Mann verfällt. Aber sie ist vielleicht die einzige, die es ohne bleibenden Schaden schafft, sich von ihm zu lösen. »Der Mann war eine Potenz, er brach sie sofort«, heißt es in einer autobiografisch inspirierten Erzählung von Marieluise Fleißer. Sie und Bie Banholzer flüchten in den sicheren Hafen der nächstbesten Ehe. Ruth Berlau endet im Alkohol. Elisabeth Hauptmann versucht es mit Selbstmord. Helene Weigel findet immerhin in den großen Rollen, die er für sie entwirft, Entschädigung.

»Seltsam eigentlich, daß der junge Pröckl den Frauen gefiel«, läßt Lion Feuchtwanger in seinem Roman »Erfolg« den Herrn von Reindl denken: »Der Kerl roch wirklich wie Soldaten auf dem Marsch. Sein eckiger, bösartiger Humor war auch nicht gerade das Rechte für die Frauen. Es war ein sicherer Geruch von Revolution um ihn. Offenbar machte er es mit seinen hundsordinären Balladen. Wenn er die sang, mit seiner gellenden Stimme, dann wurden die Weiber schwach.« Das Vorbild für den jungen Ingenieur: Bert Brecht. Die Anziehungskraft des abgerissenen jungen Freundes und Kollegen verfolgt den Romancier bis in sein literarisches Werk.

Sohn wohlhabender Eltern

Im Februar 1898 wird Eugen Berthold Brecht in Augsburg geboren: 90 000 Einwohner, katholisch, Bischofssitz, Standort aufstrebender Industriebetriebe. Auf dem Rain 7 kommt er zur

Augsburg, Blick vom Jakoberturm, Bildpostkarte um 1900

Welt, in der Bleichstraße 2 wächst er auf. Der Umzug in die Klaucke-Vorstadt dokumentiert zugleich den Aufstieg des Vaters vom kaufmännischen Angestellten zum Direktor der Haindlschen Papierfabrik. »Ein kraftvoller, lebens-

Augsburg, Karolinenstraße, Bildpostkarte um 1910

und arbeitsfroher Mann«, wie es in einer Firmenchronik heißt, ein geachteter Bürger und gestrenges Familienoberhaupt, das dem späteren Treiben seines »Dichterlings« eher skeptisch gegenübersteht. Förderung erfährt der junge Berthold vor allem durch die Mutter,

Konrad Reßler: Haindlsche Stiftungshäuser an der Bleichstraße, um 1920

Sofie Brecht. Früh registriert sie sein Talent und unterstützt seine dichterischen Versuche. Einen zweiten Ludwig Ganghofer erhofft sie sich. Seinen Erfolg ganz anderer Art wird die bald nach der Geburt des zweiten Sohnes bettlägerige Frau nicht mehr erleben.

Eine ansehnliche Wohnung, ein Dienstmädchen, privater Musikunterricht für die Buben, und der Schuster kommt ebenfalls ins Haus, um dem Nachwuchs die Stiefel anzumessen –

schlecht scheint es den Brechts nicht gegangen zu sein. »Ich bin aufgewachsen als Sohn wohlhabender Leute«, gesteht der Autor denn auch Jahre später in einem Gedicht. »Meine Eltern haben mir einen Kragen umgebunden und mich erzogen in den Gewohnheiten des Bedientwerdens«. Von seiner Klasse hat er sich längst losgesagt. Gewisse bürgerliche Annehmlichkeiten weiß freilich auch der späte Brecht zu schätzen. Wirklich ratsam sei es, schreibt er aus der Ost-Berliner Chausseestraße an seinen Verleger Suhrkamp, »in Häusern und mit Möbeln zu wohnen, die zumindest 120 Jahre alt sind, also in früherer kapitalistischer Umgebung«. Und in den »Flüchtlingsgesprächen« läßt er fragen: »Wissen Sie, wie man in anständigen Schuhen geht? Ich mein in leichten, nach Maß, aus feinem Leder...« Der Direktorensohn Bert Brecht hat es zweifellos gewußt.

1904 wird er protestantisch eingeschult. Ein eigenwilliges, gescheites, wenn auch etwas schwächliches Kind, wie es heißt. Den Spielen der anderen mag er sich allenfalls als deren Führer anschließen. Früh übt sich der »Dompteur«, wie ihn Marianne Zoff genannt hat, in der Regie.

1908 dann der Wechsel aufs Gymnasium. »Die Volksschule langweilte mich 4 Jahre«, wie er 1922 in einem Brief an Herbert Ihering resümiert. »Während meines 9jährigen Eingewecktseins an einem Augsburger Realgymnasium gelang es mir nicht, meine Lehrer wesentlich zu fördern.« Anfänglich ein eher stiller, allenfalls durch brillante Deutschaufsätze auffallender Schüler, gerät sein wacher, origineller Geist nun mehr und mehr in Opposition zur herrschenden Meinung. Daheim wie am Gymnasium kommt es zunehmend zu Konflikten, wobei sich Brecht oft ungewöhnlicher, um nicht zu sagen ketzerischer Denkmuster bedient. Dem Vater sind Äpfel aus dem Garten gestohlen worden: »Was Bäume machen, gehört niemand«, verteidigt der junge Bert den Dieb. Mit ähnlichen Äußerungen bringt er es immer häufiger zu miserablen Deutsch-Zensuren. Einmal droht gar die Schulentlassung.

Beizeiten vom eigenen Genie überzeugt, von seiner Bestimmung zum Dichter, frißt sich der Gymnasiast in seiner Freizeit quer durch die Literaturgeschichte. »Als er längst alle Karl-May-Bände durchgelesen hatte, begannen auch wir damit«, berichtet ein ehemaliger Mitschüler. Auf Karl May folgt Rimbaud, auf Hauptmann und Villon folgen Schundromane. Das sogenannte Triviale fasziniert ihn ebenso wie die »hohe« Literatur. Auf dem Augsburger Plärrer mit seinen Schiffschaukeln, Abnormitätenkabinetten, Karussells, beim »Schwimmen in Seen und Flüssen«, im Gerichtsteil der Zeitung holt er sich Anregung für seine wüsten Balladen. Lyrisch gestimmte Nabelschau, expressionistisch eingefärbtes Ich-Pathos liegen ihm nicht. Zu Huren, Kindsmördern und Ganoven strebt seine pubertäre Phantasie. Wie magisch fühlt er sich hingezogen zu den kleinen Leuten, zu Viehtreibern, Straßenhändlern, Handwerksburschen. Stets hat er Papier und einen Bleistift bei sich. Er hört ihnen zu. Notiert. Herr Puntila und sein Knecht Matti sind nicht die einzigen, die vom Gehörten profitieren werden.

Noch während der Schulzeit debütiert der 16jährige Berthold Eugen mit Glossen und Gedichten in Augsburger Tageszeitungen. Für sauber abgetippte Manuskripte sorgen die Sekretärinnen des Vaters im Betrieb. Nicht selten schütteln sie den Kopf über »die Ausdrucksweisen« in den Texten. Ein Einakter mit dem Titel »Der Schweinigel« geht unerledigt zurück.

1917 absolviert Brecht ein »Notabitur« und schreibt sich an der Universität München ein. Noch tobt der Erste Weltkrieg; noch muß der »Wehrfähige« mit seiner Einberufung rechnen. »Kanonier oder Sanitäter?« erkundigt sich der angehende Dichter beim Freund und späteren Bühnenbildner Caspar Neher. Er wolle schließlich »lieber Füße und dergleichen sammeln als verlieren.« Ein Held ist er nie gewesen. »Ich laufe zuviel. Ich denke zuviel. Ich würde eine Offensive vereiteln.« Brecht immatrikuliert sich für Medizin und entgeht so – bis auf sechs Wochen als Lazarettsoldat – dem Militär.

Mit dem Studium beginnt die eigentliche Phase literarischer Orientierung und dichterischer Produktion. Statt medizinischer hört Brecht germanistische und theaterwissenschaftliche Vorlesungen. Er schreibt Gedichte, entwirft Stücke, sucht Kontakte. Besonders wichtig wird die Freundschaft mit dem 14 Jahre älteren und schon bekannten Autor Lion Feuchtwanger. »Um die Jahreswende 1918/19«, erinnert sich der Romancier, »kam in meine Münchener Wohnung ein sehr junger Mensch ... Er drückte sich an den Wänden herum, sprach schwäbischen Dialekt, hatte ein Stück geschrieben, hieß Bert Brecht.« Der junge Mann beeindruckt den arrivierten Schriftsteller. Sein abgerissenes Äußeres, seine glühenden Reden, seine apodiktischen Urteile wecken zumindest Neugier. Außergewöhnlich die Auskunft, das Stück habe er ausschließlich »des Geldverdienens wegen« verfaßt – wo andere »auf das blutende Herz hinzuweisen pflegen«. Feuchtwanger jedenfalls läßt sich auf das mitgebrachte Manuskript ein, liest »Spartakus«, ist beeindruckt »vom weitaus besten deutschen Revolutionsstück«, vor allem von der Sprache: »Hier endlich wieder ist dramatisches Deutsch.« Feuchtwanger wird zum ersten Anwalt des noch gänzlich unbekannten Autors. Auf sein Betreiben kommt es zur Uraufführung von »Trommeln in der Nacht« an den Münchner Kammerspielen. Aus Berlin reist Herbert Ihering an, um die Premiere wenige Tage später im »Börsen-Curier« hymnisch zu feiern: »Der vierundzwanzigjährige Dichter Bert Brecht hat über Nacht das dichterische Antlitz Deutschlands verändert.« Der literarische Durchbruch ist annähernd geschafft. Mit Uraufführungen von »Im Dickicht der Städte« (1923), »Baal« (1923), »Leben Eduards des Zweiten von England« (1924), »Mann ist Mann« (1926), vor allem der »Dreigroschenoper« (1928) avanciert Brecht allmählich zum meistdiskutierten Bühnenautor der Zwischenkriegszeit.

Was sich aus der verkürzten Perspektive einer kursorischen Rückschau als glänzende Karriere darstellt, war freilich alles andere als das. »Von Mißerfolg über Mißerfolg zum Welterfolg« – das Diktum Fritz Kortners trifft noch am ehesten den Sachverhalt. Häufig genug nämlich folgt einer Premiere die Absetzung des Stückes auf dem Fuße. Nicht wenige Abende gehen unter polizeilicher Aufsicht über die Bühne. Star-Kritiker Kerr weiß sich in seiner totalen Ablehnung des jungen Brecht mit der rechten Presse einig. Buchprojekte zerschlagen sich ebenso rasch, wie sie sich angelassen haben. Bereits gedruckte Werke werden beschlagnahmt und eingestampft, wie die 1921 als Musikstück verlegte »Apfelböck«-Ballade. Und kommen doch einmal ein paar Tantiemen herüber, dann frißt sie ihm die Inflation weg. Daß Brecht im Januar 1922 wegen Unterernährung in die Berliner Charité eingeliefert wird, ist folglich mehr als eine Anekdote.

Im Februar 1920 ist er zum erstenmal für rund drei Wochen in die Reichshauptstadt gereist. Hier sitzen die großen Verlage, werden die wichtigsten Zeitungen und Zeitschriften gemacht. Vor allem bei den großen Bühnen hofft der junge Dramatiker zu landen: »Jetzt gehe ich aufs Ganze ...«, schreibt er an Caspar Neher und: »Berlin ist eine wundervolle Angelegenheit, kannst Du nirgends 500 M stehlen und kommen? Da ist z. B. die Untergrundbahn und Wegener. Alles ist schrecklich überfüllt mit Geschmacklosigkeiten, aber in was für einem Format, Kind!«

1924 übersiedelt der »Großstädter aus Überzeugung« (Völker) dann definitiv nach Berlin. Schnell hat er Anschluß an die dortige Szene gefunden, eine stattliche Zahl mehr oder minder ergebener Freunde um sich geschart: den Schriftsteller Bronnen, den Soziologen Sternberg, den Maler Rudolf Schlichter, den Boxer

Rudolf Schlichter: Bert Brecht, um 1926

Samson-Körner. Bekanntschaften sammelt er wie Pilze: Helene Weigel, Elisabeth Hauptmann, Dora Mannheim. Die Freundinnen der frühen Jahre sind vergessen. Um den gemeinsamen Sohn mit Paula (Bie) Banholzer hat er sich ohnehin nie gekümmert: »Ich muß Ellbögen frei haben, spucken können, wie mirs beliebt, allein schlafen, skrupellos sein.« Bie hat er seine »Trommeln« gewidmet. Auf den 1944 an der Ostfront gefallenen Sohn wird er ein Gedicht schreiben: Seine Art, mit den Dingen fertig zu werden.

In seiner Berliner Wohnung, Spichernstraße 16, hält er regelrecht Hof. Mit seinem auffälligen Äußeren, seinem gespreizten Dandytum hat er sich schnell die Aufmerksamkeit seiner Umgebung gesichert, hat er Bewunderer und Nachahmer gefunden. So ziemlich alles an dem jungen Brecht ist Pose, die Kleidung bis ins Detail kalkuliert, auf Wirkung hin getrimmt: die Ledermontur, die Schiebermütze, die ewige Zigarre. »Ließ er sich beim Schneider was machen«, schreibt Marieluise Fleißer, »mußte der Kragen hinten abstehn am Hals, was für einen Fehler galt in der Schneiderei, Brecht schaffte das eigens so an.« Und Willy Haas erinnert sich an »eine schäbige kleine Drahtbrille, wie man sie in Berlin gar nicht mehr bekam. Sie hätte etwa zu einem Schulmagister in Wunsiedel gepaßt.« Zu alldem kommt eine gespielte Härte. Selbst leicht verletzbar und überaus sensibel, gibt er sich gern gefühlskalt, hart. Nur wenige, die ihn durchschauen. »Es gibt in der Kunst ein unumstößliches Gesetz«, notiert Kurt Tucholsky. »Was einer recht auffällig ins Schaufenster legt, das führt er gar nicht: Brecht keine Männlichkeit, Keyserling keine Weisheit und Spengler keine Ewigkeitsperspektiven.«

Mit seiner Vorliebe für wortgewandte Polemik und naßforsche Attacken wird er schnell zu einem beliebten Stichwortgeber der Illustriertenpresse. Gesellschaftsblätter wie der »Uhu« und »Die Dame« drucken seine brillanten Unverschämtheiten. Nicht wenige Umfragen werden eigens gestartet, um Brecht ein Statement zu entlocken. Im Rahmen eines Lyrikwettbewerbs als Juror eingesetzt, weiß Brecht die rund vierhundert jungen Teilnehmer medienwirksam zu dupieren, indem er sich für Hannes Küppers »He! He! The Iron Man!« entscheidet. Das Gedicht über den Sechs-Tage-Champion Reggie Mac Namara hat er in einem Radsportblatt gefunden. Altmeister wie Rilke oder Stefan George sind ebensowenig sicher vor seinen Angriffen wie der Nobelpreisträger Thomas Mann: »Seine Ansicht ist, daß der Unterschied zwischen seiner und meiner Generation ein ganz geringfügiger ist«, schreibt Brecht. »Dazu kann ich nur sagen, daß nach meiner Ansicht in einem eventuellen Disput zwischen einer Droschke und einem Auto es bestimmt die Droschke sein wird, die den Unterschied geringfügig findet.«

Eine Umfrage »Was halten Sie für Kitsch?« gibt Brecht endlich Gelegenheit, einmal mit der gesamten zeitgenössischen Literatur abzurechnen: »Um Ihnen eine einigermaßen erschöpfende Auskunft über das, was ich für Kitsch halte, zu geben, müßten Sie mir, selbst wenn ich mich nur auf das Gebiet der Literatur beschränke, mehrere Nummern Ihrer Zeitung von vorn bis hinten für eine einfache Aufzählung von Namen und Artikeln frei halten«, antwortet er, allerdings: »nur *ein* Beispiel dafür, daß man nicht alles in einen Topf werfen darf, auch wenn der Topf Kitsch ist: Wenn ich sage, daß Franz Werfel Kitsch ist, dann *muß* ich zugeben, daß Edgar Wallace auch Kitsch ist. (Aber das kann mich höchstens abhalten, den Werfel zu lesen. Den großen Wallace laß ich mir doch nicht nehmen!)«

Wallace und Mode, billige Schlager, Sportveranstaltungen, Kino und Varieté – der Kulturbegriff des jungen Brecht ist weitgespannt. Wofür die schreibenden Kollegen höchstens Verachtung aufbringen: Brecht macht das fruchtbar für sein Werk. Er, der als einzigen Sport das Autofahren praktiziert, sucht den Kontakt mit Boxern, Schwimmern, Radrennfahrern. Er huldigt dem Leistungssport: als Metapher für den Überlebenskampf »Im Dickicht der Städte«. Bewegung als Körperpflege läßt ihn kalt. Es gebe schließlich, schreibt er trocken, »allen Turnlehrern zum Trotz, eine beachtliche Anzahl von Geistesprodukten, die von kränklichen oder zumindest körperlich stark verwahrlosten Leuten hervorgebracht wurden«.

Hinzu kommt eine – damals allerdings weit verbreitete – Anglophilie. Zahlreiche Anglizismen bzw. Amerikanismen im Frühwerk belegen seine besondere Sympathie für alles Amerikanische. »Wie mich dieses Deutschland langweilt!« hat er schon als 22jähriger notiert. »Bleibt: Amerika.« Freilich, sein Amerikabild ist ebenso romantisch verklärt wie die übrigen exotischen Schauplätze seiner Dramen und Gedichte: geprägt von Krimis und Wildwestfilmen, den B-Pictures seiner frühen Augsburger und Berliner Jahre. »Aus amerikanischen Filmen hatte er eine bestimmte Vorstellung von Amerika«, bestätigt Marieluise Fleißer. »Aber nur so lang, bis er dort war, da haben sie es ihm dann besorgt.«

Stückentwürfe, Gedichtzyklen, Glossen, Filmtreatments, Rundfunk- und Theaterarbeit – kaum ein Genre, in dem er sich nicht zu profilieren sucht. Der Brecht der Zwischenkriegszeit muß eine überaus quirlige, nervöse, bienenfleißige Person gewesen sein, die aus allen sich bietenden Quellen schöpft, Anregung holt. »Schon wenn er aufschnappte, wie ein dicklicher Zuhälter seinen Schützling auf die Straße losschickte, sie von hinten beobachtete und ihr nachrief: Erika, die Tasche halte flotter! und sie eine Spur größer wurde und ihre Lacktasche voll Optimismus schwenkte – solche Einzelheiten machten ihn glücklich.« In der Metropole Berlin holt der Provinzler Brecht Großstadterfahrung nach, stets begleitet von einer ergebenen Clique. Die Freundinnen als Mitarbeiterinnen und Geliebte, die Freunde als Anreger, Kritiker, Stichwortgeber: Alles wird ihm zum Material für seine Literatur. Sein Leben ist Arbeit. Tag und Nacht. »Wer für Brecht arbeitet, arbeitet nicht unter vierundzwanzig Stunden am Tag«, erinnert sich seine langjährige Mitarbeiterin Elisabeth Hauptmann. Und Ruth Berlau meint rückblickend: »Es gab immer etwas für Brecht zu erledigen. Ich habe noch jetzt ein Gefühl, als ob ich zwanzig Jahre nicht gesessen hätte.«

In die Zwischenkriegszeit fallen die großen Skandale wie die großen Erfolge. In den anderthalb Jahrzehnten zwischen 1918 und 1933 macht Brecht seine wesentlichen Bekanntschaften, seine wichtigsten Erfahrungen. In die 20er Jahre fällt seine Wendung zum Marxismus. Sein Kommunismus freilich bleibt ebenso widersprüchlich wie seine Haltung zum Sport: Er lobt ihn, ohne ihn zu praktizieren. Als vollmundiger Kommunist wird er niemals Parteimitglied. Seine Parteihelden, hat Manès Sperber kritisiert, »entstammten den Bilderbuchvorstellungen, die jener sich vom illegalen politischen Kampf macht, der an ihm nie teilgenommen, in ihm nicht einen Fingernagel riskiert hat.« Und noch 1930 schreibt Tucholsky: »Brecht plakatiert keine Überzeugung; es würde ihm wohl schwer fallen, denn die seine ist schwer zu eruieren.«

Als »schlicht und gütig« wird der späte Brecht beschrieben, ein fröhlicher Mensch, »der sich über jede schauspielerische Leistung so herzlich freute, der als Regisseur soviel Weisheit und Witz hatte.« Der junge Brecht war wohl das genaue Gegenteil: Absolut unnachgiebig, zäh und kompromißlos, wenn es darum ging, einen sachlichen Theaterstil durchzusetzen. So kommt es bei den Proben nicht selten zum Eklat. Heinrich George schleudert sein Textbuch in die 15. Reihe des Parketts und verläßt die Bühne. Agnes Straub geht mit Weinkrämpfen ab. Kleinere Chargen ertragen regelrechte Demütigungen, um ihre Rollen zu behalten. Nicht wenige Schauspieler halten den jungen Regisseur für »unzurechnungsfähig«, für ein »irrsinniges Huhn«. »Noch kein Klassiker«, charakterisiert Ludwig Marcuse den frühen Brecht, »aber schon eine Faust«. »Hochmütig, bösartig, hämisch«, nennt er den Zeitgenossen. »Vor Publikum ging er prophylaktisch in die (bis zu den Zähnen bewaffnete) aggressive Defensive.«

Keine Frage, der junge Brecht hatte ebensoviele Freunde wie Feinde. Manche hat er gekränkt, verletzt. Anderen lag sein Charakter nicht. Wieder andere haßten ihn seiner politischen Bekenntnisse wegen. Seit dem gescheiterten Hitlerputsch von 1923 weiß er von einer schwarzen Liste: Brecht steht ganz obenauf in der Reihe der zu verhaftenden Personen. Zehn Jahre später ist es dann soweit: der »Anstreicher« hat es geschafft. Am 28. Februar 1933, einen Tag nach dem Reichstagsbrand verläßt Brecht mit Helene Weigel und Sohn Stefan Deutschland. Vierzehn Jahre wird sein Exil dauern. Am 1. November 1947 betritt er, von New York kommend, wieder europäischen Boden. »Vielleicht kommen Sie auch einmal in diese interessante Lage«, vertraut er während seiner ersten Tage in der Schweiz dem Schriftsteller Max Frisch an, »daß Ihnen jemand von Ihrem Vaterland berichtet und Sie hören zu, als berichtete man Ihnen von einer Gegend in Afrika.« Das klingt auf eine Art bescheiden, um nicht zu sagen: kleinlaut. Kein Zweifel: Der Brecht, der da zurückgekommen ist, ist ein anderer geworden.

Schreiben kann man nicht sehen

»Ich bin Stückeschreiber. Eigentlich wäre ich gern Tischler geworden«, notiert der junge Brecht nicht ohne Koketterie, »aber damit verdient man natürlich zu wenig.« Gut möglich, daß der Autor der vielgespielten »Dreigroschenoper« mit der Zeit tatsächlich zu einem auch finanziell erfolgreichen Schriftsteller geworden wäre. Die Historie hat ihm bekanntlich einen Strich durch die Rechnung gemacht. Unnötig zu betonen, daß die anderthalb Jahrzehnte des Exils alles andere als ein Honiglecken waren. Von »unglaublicher Armut« berichtet Ernest Borneman: »oft aß er nur eine Mahlzeit am Tag und manchmal gar keine.« Offenkundig wird die Bescheidenheit Brechtscher Existenz zwischen 1933 und 1947, wenn man sich die karge Liste seiner Habseligkeiten vor Augen hält. »Ich besitze«, schreibt er 1939 in sein Arbeitsjournal, »ein chinesisches Rollbild DER ZWEIFLER, 3 japanische Masken, 2 kleine chinesische Teppiche, 2 bayerische Bauernmesser, 1 bayerisches Jägermesser...« Die Reste seiner Bibliothek kommen noch hinzu, etwas Mobiliar, ein ledernes Taschennotizbuch, ein schwarzer Ledermantel usw. Die dürftige Bilanz einer 40jährigen Existenz. Und nichts dabei von materiellem Wert. Den »Leica-Fotoapparat mit Theaterlinse« vielleicht ausgenommen.

1925 ist die handliche Kleinbildkamera mit ihrer revolutionären Technik und dem sensationellen Bildformat auf den Markt gekommen. Wann Brecht einen Apparat dieser Marke erstanden hat, ist nicht bekannt. Schon 1924 jedenfalls hat er, einer autobiografischen Notiz zufolge, die Fotografie als eine noch zu erlernende Disziplin für sich entdeckt – neben dem »Schifahren, Segeln, Reiten, Zeitunglesen auf Geld« etc. Drei Jahre später scheint er die Technik der Aufnahme zu beherrschen. In einem Brief an seine spätere Frau Helene Weigel rät er: »Wenn Du dann noch den Steff fotografierst (in der Sonne, Moment 1/25, Blende halb zu), dann bist Du gut aufgehoben.«

Brecht selbst hält es letztlich mit der Fotografie wie mit der Natur: Er macht einen sparsamen Gebrauch von ihr. Bald schon überläßt er seiner Begleiterin Ruth Berlau die Kamera, die im »Fotokopieren« seiner Manuskripte, dem Aufbau eines Kleinbildarchivs, später in der Theaterfotografie eine Aufgabe für sich entdeckt. »Ich fotografierte jede Inszenierung«, berichtet sie, »Brecht und ich haben mit Hilfe der Fotos den genauen Ablauf einer Aufführung rekonstruiert. Diese Fotos wurden sorgfältig in Alben geklebt und mit dem zugehörigen Text des Stückes beschriftet. Wir entliehen diese Foto-Modellbücher an Theater, die nach uns das Stück inszenieren wollten.«

Inwieweit die Fotografie allerdings taugt, das Bühnengeschehen zu dokumentieren, ausgerechnet zu dieser für ihn doch relevanten Frage äußert sich Brecht mit keiner Zeile. Der sich ansonsten zu beinahe jedem gesellschaftlichen oder ästhetischen Phänomen wortreich ausläßt, hält sich gegenüber der Fotografie – als dem wichtigsten Bildmedium des 19. und 20. Jahrhunderts – merkwürdig bedeckt. Das gilt für das Lichtbild im allgemeinen wie für die Theaterfotografie im besonderen. Sein vielzitiertes Diktum – eine Fotografie der Kruppwerke oder der AEG ergebe beinahe nichts über diese Institute – wird durch häufiges Wiederholen nicht bedeutsamer. Verglichen mit seinen ausschweifenden Auslassungen etwa zum Radio, zur Musik, zur Kunst, zu Film und Kriminalroman und natürlich zum Theater sind seine verstreuten Anmerkungen zur Fotografie bescheiden.

Daß er sich grundsätzlich für das Medium – seine Geschichte wie seine aktuellen Hervorbringungen – interessiert hat, darf als gesichert gelten. Mit Walter Benjamin vor allem, den er seit 1929 kennt, diskutiert Brecht »unterm dänischen Strohdach« immer wieder fototheoretische Fragen. Von ihm läßt er sich anregen, Gisèle Freunds Dissertation zur Sozialgeschichte der Fotografie zu lesen. Und ebenfalls von Benjamin übernimmt er dessen zentralen Begriff der »Aura« eines Kunstwerks. Benjamins einschlägige Schriften hat er also zweifellos gekannt: die »Kleine Geschichte der Fotografie« (1931), »Der Autor als Produzent« (1934), »Das Kunstwerk im Zeitalter seiner technischen Reproduzierbarkeit« (1936) – brillante, folgenreiche Essays, die Brecht womöglich davon abgehalten haben, selbst noch auf diesem Feld zu dilettieren.

Inwieweit Brecht die epochalen Beiträge zur neusachlichen bzw. experimentellen Fotografie (von Sander, Bloßfeldt, Renger-Patzsch, Moholy-Nagy usw.) wahrgenommen hat, ist nicht bekannt. Feststeht: Schon 1926 nennt er auf eine Umfrage »Die besten Bücher des Jahres« unter anderem Mendelsohns »Amerika. Bilderbuch eines Architekten« und schreibt: »ausgezeichnete Photos, die man eigentlich fast alle einzeln an die Wand heften kann und die den (bestimmt trügerischen) Anschein erwecken, als seien die großen Städte bewohnbar.«

Mit kritischem Interesse begleitet Brecht auch die Entwicklung des modernen Bildjournalismus. Anläßlich des zehnjährigen Bestehens der A-I-Z (»Arbeiter-Illustrierte-Zeitung«), bemerkt er 1931: »Die ungeheure Entwicklung der Bildreportage ist für die *Wahrheit* über die Zustände, die auf der Welt herrschen, kaum ein Gewinn gewesen: Die Photographie ist in den Händen der Bourgeoisie zu einer furchtbaren Waffe *gegen* die Wahrheit geworden... Der Photographenapparat kann ebenso lügen wie die Schreibmaschine. Die Aufgabe der A-I-Z, hier der Wahrheit zu dienen und die wirklichen Tatbestände wiederherzustellen, ist von unübersehbarer Wichtigkeit und wird von ihr, wie mir scheint, glänzend gelöst.«

Von einer knappen Äußerung aus den frühen 30er Jahren abgesehen, ist Brechts theoretisches Interesse am Medium Fotografie damit abgehandelt. Der unbetitelte Aufsatz umfaßt gerade eine Seite und ist bezeichnenderweise Fragment geblieben. »Die Photographie«, heißt es da unter anderem, »sollte aus der Zeit endlich heraus sein, wo die Künstler nur immer wieder zu zeigen versuchen, was man mit einem Photographenapparat alles machen kann; besonders, wenn sie nur beweisen wollen, daß man das damit machen kann, was man auch mit dem Pinsel machen kann. Das ist bei weitem zu wenig.«

So unentschlossen Brechts Position gegenüber der Fotografie ist, so widersprüchlich bleibt seine Haltung gegenüber dem eigenen Porträt. Vor allem als junger Autor stets begierig, in den Medien zu erscheinen, läßt er sich doch nur ungern fotografieren. Die Studioaufnahme scheint ihn besonders geängstigt zu haben. »Brecht war ein großer Liebhaber von Photos. Aber er war kamerascheu und erlaubte wenigen, ihn zu photographieren«, bestätigt Gerda Goedhart, die Fotografin seiner späten Berliner Jahre.

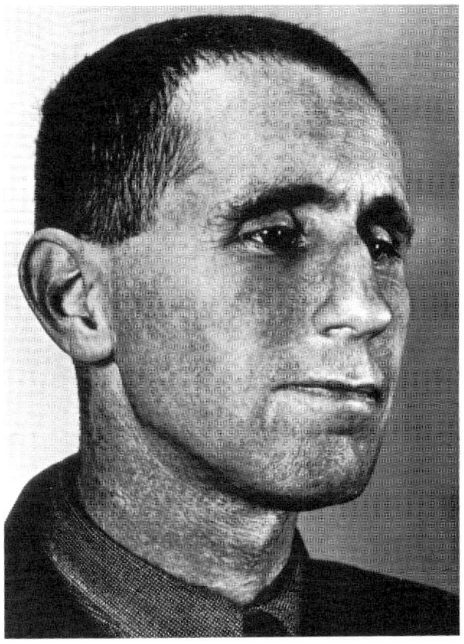

Grete Stern: Bert Brecht, 1933

Am liebsten hat er sich wohl in Gruppe fotografieren lassen, was letztlich auch der kollektiven Arbeitsweise Brechts entsprach. »Ich selber arbeite fast alles mit anderen zusammen«, schreibt er zu einem Bild im »Uhu« (1927), »ließ also den Photographen zu einer Zeit kommen, wo ich das Zimmer voll hatte, wenn auch nicht gerade zum Arbeiten.« Die Aufnahme, Teil einer Bildstrecke zum Thema »Bei der

Josef Breitenbach: Bert Brecht, 1939

Arbeit – Künstler und Werk mit sich allein«, zeigt den Autor in seiner Berliner Wohnung – freilich alles andere als allein: Da sitzt der Boxer Samson-Körner am Klavier, tippt Elisabeth Hauptmann im Hintergrund, rekeln sich Hannes Küpper, Boxmanager Seelenfreund und Hans Borchardt auf dem Kanapee, während Brecht, die Hände in den Hosentaschen, an einem Regal lehnt. »Ein Bild zustandezukriegen«, erläutert Brecht, »aus dem zu ersehen ist, wie man arbeitet, ist nicht leicht. Wahrscheinlich wird man morgen eine Arbeitsweise haben, die photographiert werden kann.« »Schreiben kann man nicht sehen im Gegensatz zu anderen Handwerken«, notiert in diesem Sinn Ingeborg Bachmann. Gerade das Nüchterne, Werkstatthafte, Kollektive seiner Arbeitsweise sichtbar zu machen, war Brecht aber wichtig. Wichtiger als ein Bildnis im traditionellen Sinn.

Vergleichsweise schmal ist denn auch der Bestand an Brecht-Porträts im engeren Sinn. Ließ er doch einmal eine Aufnahme zu, so »war er anspruchsvoll und prüfte sie aufmerksam, bevor er ihre Veröffentlichung genehmigte«, schreibt Vladimir Pozner. »Er mußte wohl von seiner körperlichen Erscheinung eine mit noch größerer Entschiedenheit vorgefaßte Meinung haben als die meisten Menschen und verwarf jeden Abzug, der dieser Vorstellung nicht entsprach ... Als ich eines Tages mit ihm darüber sprach, sagte er lachend zu mir: ›Ich weiß, daß ich blöd aussehe, aber warum soll ich das anderen eingestehen?‹«

Licht und Schatten

Das Treffen von Bert Brecht und Konrad Reßler im Atelier des Augsburger Fotografen erfolgt 1927 zu einem – aus heutiger Sicht – bemerkenswerten Zeitpunkt. Für Brecht ist dies gewissermaßen der Vorabend des literarischen Durchbruchs; für Konrad Reßler exakt Halbzeit seiner fotografischen Tätigkeit am Ort, allerdings auch ein Jahr anhaltender Krise im Porträtgeschäft, der der Lichtbildner nicht zuletzt durch eine rege Ausstellungstätigkeit zu begegnen sucht.

Schon zur Adventszeit 1926 hat er mit großformatigen, im Sinne der Kunstfotografie sorgfältig ausgearbeiteten Edeldrucken in seinen Schaukästen im Stadtgarten und in der Grottenau auf sich aufmerksam gemacht. Im Dezember 1927 kommt es dann zu einer weiteren

Augsburg, Stadttheater mit Blick in die Grottenau, Bildpostkarte um 1910

»Weihnachtsausstellung«, die sogar in der Augsburger Tagespresse Beachtung findet. Die »Münchner Augsburger Abendzeitung« vom 7.12. etwa schreibt: »Die beste bildmäßige Erfassung des Personentyps erfolgt, wie man an den hier zur Schau gestellten Beispielen sieht, durch die Festhaltung der natürlichen Haltung und des natürlichen Gesichtsausdrucks, durch die ruhige Linienführung des Bildausschnitts und die richtige Verteilung von Licht und Schatten. So entsteht das Bild vom einzelnen Menschen, wie wir ihn uns am klarsten vorstellen können.«

Insgesamt 31 Bildnisstudien hat Konrad Reßler für diese zweite vorweihnachtliche

Konrad Reßler: Bildnis eines Kindes, 1927 (Öldruck 25 x 30 cm)

Selbstdarstellung vorbereitet, überwiegend Öldrucke im Format 30 x 40 bzw. 24 x 30 cm, von denen aber nur ein Teil tatsächlich gezeigt worden sein dürfte. Porträts von Oberbürgermeister Deutschenbauer, Bischof Maximilian, Domkapitular Meitinger unterstreichen werbewirksam den sozialen Rang des Ateliers. Im übrigen verzeichnet die erhalten gebliebene Ausstellungsliste Bildnisse von Kindern und Jugendlichen sowie von Damen und Herren der mittleren bis gehobenen Augsburger Gesellschaft. Die Ausnahme in diesem bürgerlichen Reigen bilden die Aufnahme von Bertolt Brecht und die eines bayerischen Bauern. Ihre Bildnisse erfahren denn auch eine gesonderte formale Lösung: der Bauer als einzige Ganzfigur; die Brecht-Studie nicht ohne Ironie, sehr statuarisch und deutlich von der Neuen Sachlichkeit beeinflußt.

Konrad Reßler: Augsburger Tennisspielerin, 1927 (Öldruck 25 x 30 cm)

Die Porträtsitzung mit Bertolt Brecht, die Ausarbeitung eines Öldrucks (vgl. S. 5), von dem wir mit Bestimmtheit wissen, daß er im Schaukasten in der Grottenau D 202 (Allianzhaus) ausgestellt war, ist also zu sehen im Zusammenhang mit Reßlers verstärkten Bemühungen, durch sorgfältig erarbeitete Bildbeispiele, durch Charakterstudien prominenter und weniger prominenter Zeitgenossen für sich und sein Handwerk zu werben. Dem zunehmenden Druck der Hobbyfotografen war mit weiterer Verbilligung bzw. Rationalisierung nicht mehr zu begegnen. So sucht auch Konrad Reßler, wie viele Fachfotografen nach 1900, sein berufliches Überleben in der Nobilitierung seines Gewerbes, d. h. in der ästhetischen Aufwertung seiner Arbeit im Sinne kunstfotografischer Forderungen.

Konrad Reßler: Bauer, 1927 (Öldruck 18 x 30 cm)

Die Kunstfotografie als internationale Bewegung künstlerisch ambitionierter Amateure sucht ab den 80er Jahren des vorigen Jahrhunderts in Opposition zur erstarrten Atelierfotografie eine ästhetische Reform des Lichtbilds durchzusetzen und der Fotografie nach Jahrzehnten der Stagnation neue Impulse zu geben. Die definitive Anerkennung der Lichtbildnerei als künstlerischer Ausdrucksform ist nicht zuletzt das Ziel dieser engagierten Dilettanten. Zu erreichen glaubt man dies durch eine an der Malerei orientierte Motivwahl, durch außergewöhnliche bzw. dem Tafelbild angenäherte Formate, vor allem durch aufwendige Edeldruckverfahren mit »bildmäßiger« Wirkung.

Beschränkt sich ihre Tätigkeit zunächst auf Landschaften, Seestücke, Stilleben und Genreszenen, so wagen sich die Kunstfotografen mit der Zeit auch ans Porträt, dem sie unter Mißachtung gängiger Atelierkonventionen zu neuer künstlerischer Blüte verhelfen. Mangels Studio fotografiert man in häuslichem Ambiente oder im Freien bei »natürlichem« Licht. Man bemüht sich um gelöste Haltung und Natürlichkeit im Ausdruck. Man experimentiert mit Licht und Schatten und strebt nach ausgewogener Komposition. Auf großen, international beschickten

Ausstellungen in Hamburg, München und Wien, den europäischen Zentren dieser Bewegung, geben die Amateure Zeugnis ihres Könnens und machen damit einmal mehr die Mittelmäßigkeit der Fachfotografie offenkundig. In Gefahr, nun zwischen der aufkommenden Hobbyfotografie und den ambitionierten Amateuren auf der Strecke zu bleiben, schwenken in der Folge zahlreiche Berufsfotografen auf die Linie der Kunstfotografie ein, deren komplizierte und teure Edeldruckverfahren überdies Schutz vor allzu großer Nachahmung und Konkurrenz versprechen.

Lange vor dem Ersten Weltkrieg hat sich auch Konrad Reßler dieser Bewegung angeschlossen, womöglich auch veranlaßt durch seinen Konkurrenten Siemßen, der sich bereits seit der Jahrhundertwende zur »Neuen Photographie« bekennt und mit aufwendigen Gummi-, Öl- und Kohledrucken von sich reden macht. Frühestes Zeugnis der Hinwendung Reßlers zur Kunstfotografie ist ein – im Geist des Jugendstil gestaltetes und wohl vielfach verschicktes – Präsentationsheft aus dem Jahr 1909, dessen Bildbeigaben sich zwar nur vorsichtig von traditionellen Bildauffassungen lösen, deren – in die Form eines fiktiven Dialogs gekleidete – Vorrede allerdings unübersehbar kunstfotografischen Positionen folgt. Ähnliches gilt für die Werbeschriften aus den Jahren 1910 und 1912. Der »vorwärtsstrebende Photograph«, heißt es da unter anderem, »hat sich die Prinzipien des Künstlers zu eigen gemacht, die vornehmlich darauf hinauslaufen, den Charakter, die Innerlichkeit, das Wesen der darzustellenden Person zu erfassen und bildlich festzuhalten.« Damit wären wesentliche Forderungen der Kunstfotografie erfüllt.

Konrad Reßler: Gewitterstimmung, um 1930 (Öldruck 53 x 34 cm)

An freien, von engagiertem Kunstwillen getragenen Arbeiten ist durch den Nachlaß Konrad Reßlers nur wenig überliefert. Vermutlich ist sein Engagement über die Handvoll Landschaftsstudien und einen allegorisch inspirierten Öldruck auch nicht hinausgegangen.

Konrad Reßler: Andacht, um 1930 (Öldruck 48 x 35 cm)

Auch an Veröffentlichungen in einschlägigen Zeitschriften, wie sie die Kunstfotografen in der Regel anstrebten, liegt nur wenig vor. Belegt sind Porträtaufnahmen in Heft 1/1927 der »Deutschen Photographischen Kunst«: drei Bildnisstudien neben den Aufnahmen so renommierter Fotografen wie Franz Grainer, Minya Dührkoop und Erna Lendvai-Dircksen.

So bleibt Konrad Reßler vor allem ein solider Atelierfotograf, ein gründlicher Handwerker, der gewisse ästhetische Prinzipien der Kunstfotografie für seine Porträtarbeit zu nutzen weiß, ohne allerdings in freien Arbeiten die extremen Möglichkeiten der verschiedenen Kunst- und Edeldruckverfahren auszuloten. Als »Hofphotograph« und Inhaber eines alteingesessenen Unternehmens darf der Lichtbildner neben Hans Siemßen immerhin als *die* Fotografenpersönlichkeit im Augsburg der ersten Jahrhunderthälfte angesehen werden. Sein Kundenkreis zwischen 1900 und 1950 reicht von hohen kirchlichen Würdenträgern, Politikern und Unternehmern, Adeligen und Militärs bis zu den Schauspielern des Stadttheaters. Kurzum, was Rang und Namen hatte in der Fuggerstadt ließ sich bei Reßler porträtieren. Selbst Bayerns letzter König, Ludwig III., hat den Fotografen in seinem Münchner Palais empfangen. Und wer, wie Siegfried Wagner, ein Sohn des Komponisten, in Augsburg Station machte, ließ sich ins Atelier des renommierten Fotografen führen.

Formal bleibt Konrad Reßlers Porträtschaffen auch nach der Wendung zur Kunstfotografie dem Ateliergeist des 19. Jahrhunderts verpflichtet. Solide bis perfekte handwerkliche Ausführung sowie Respekt vor dem auf Repräsentativität und Seriosität gerichteten Bildwünschen seiner Kunden kennzeichnen seine Arbeit über die Jahre. Daß er sich lange nach dem Ausklingen der »bildmäßigen« Fotografie noch mit Kunst- und Edeldruckverfahren auseinandersetzt, entspricht dem Beharrungsvermögen der Branche insgesamt. Die revolutionären Neuerungen der Zwischenkriegszeit im Bereich des Lichtbilds bleiben für die gewerbliche Porträtfotografie – von Ausnahmen abgesehen – ohne Belang.

Genaugenommen nur ein einziges Mal ignoriert Konrad Reßler die Standards seiner Bildnisproduktion: Bei der Porträtsitzung mit Brecht. Wobei daran erinnert werden muß, daß es sich bei den Tafeln 1 bis 32 um Abzüge aus unseren Tagen handelt. Der Lichtbildner selbst hätte die Prints ohne Zweifel anders ausgearbeitet, wie der erhaltene Öldruck von seiner Hand beweist. Dennoch: Im Verzicht auf alles Dekor, im Umgang mit dem Licht, den ungewöhnlichen, teils provokanten, teils auch ironisch angelegten Posen, in der effektvollen Behandlung des schwarzen Ledermantels, im – alles in allem – spielerischen Miteinander von Fotograf und Porträtiertem wirken die Bildnisse auch heute noch modern – trotz einiger Schönheitsfehler (der mangelhaften Tiefenschärfe etwa oder dem üppigen Einsatz der Negativretusche).

Ob Konrad Reßler mit den gelungenen Motiven aus der Serie auf Veröffentlichung spekuliert hat, ist nicht zu sagen. Im Jahr der Aufnahmen ist Brecht noch nicht bekannt und schon gar nicht populär genug. – Und nach dem Erfolg der »Dreigroschenoper«? Tatsächlich kommt es im Mai 1929 zur Publikation eines Motivs aus dieser Serie: Unter dem Titel »In Augsburg geboren – auswärts wirkend – in der Welt bekannt« bringen die »Augsburger Neuesten Nachrichten« neben einem Bericht über den Dramatiker Brecht auch ein Foto (vgl. Tafel 5), freilich ohne Nennung des Urhebers. Es wird die einzige Publikation zu Lebzeiten Konrad Reßlers bleiben.

Nach Hitlers »Machtergreifung« tut der Lichtbildner gut daran, die Platten und den Öldruck wegzupacken. Und nach dem Krieg, der Übersiedlung Brechts in den östlichen Teil Deutschlands, besteht für Konrad Reßler kaum ein Grund, die Aufnahmen hervorzuholen. Durch seine loyale Haltung zu Staat und Regierung während des Aufstandes vom 17. Juni 1953 macht sich der Dichter einmal mehr unbeliebt im Westen. Brecht bleibt ein Ärgernis. Zeitlebens. Erst Jahre nach dem Tod des Autors beginnt sich das Verhältnis zu entspannen. Äußeres Zeichen ist die Enthüllung einer Gedenktafel am Augsburger Geburtshaus Auf dem Rain 7 am 24. September 1960. Drei Tage später stirbt der Fotograf. Die Renaissance des Stückeschreibers auf bundesdeutschen Bühnen hat er nicht mehr erlebt.

Berlin, Dorotheen-Friedhof

Ob Brecht bei der Auswahl des Motivs Nr. 12 für die »Weihnachtsausstellung« 1927 beteiligt war, wissen wir nicht. Seinem Selbstverständnis als strammem Edelproletarier mit intellektuellem Kick – dabei unnahbar, männlich, hart – hätte das Bildnis zweifellos entsprochen. Im Schaukasten in der Grottenau hat er sein Porträt sicher nicht gesehen. Zur Ausstellungs-»Eröffnung« war Brecht zwar eingeladen. Soviel bekannt ist, hat er sich Anfang Dezember 1927 aber nicht in Augsburg aufgehalten. Auch die Frage, ob sich der Dichter und sein Fotograf nach dem Termin im Atelier noch einmal begegnet sind, wird letztlich ohne Antwort bleiben. Wahrscheinlich ist es nicht. Nach 1927 kommt Brecht immer seltener nach Augsburg. Die Jahre des Exils tun ein übriges, ihn der ungeliebten Vaterstadt zu entfremden. So war er nach der Rückkehr aus den USA wohl nur noch einmal dort: Vom 3. auf den 4. September 1949. Dabei erscheint ihm Augsburg »fremd und läßt ihn ›ziemlich kalt‹.« (Völker)

Die Porträtsitzung hat Brecht vermutlich schnell wieder vergessen. Im Erfolgstaumel der späten 20er und frühen 30er Jahre, im Exil, im

Deutschland der Nachkriegsjahre plagten ihn zweifellos andere Sorgen. Konrad Reßler hingegen scheint der Brecht-Serie einen besonderen Stellenwert beigemessen zu haben. Als einzige Negative seines immensen Archivs packt er die 32 Platten sorgsam ein und übergibt sie seinem häuslichen Tresor, wo sie den Krieg überstehen und Jahre nach dem Tod des Fotografen aufgefunden werden. Mit dem übrigen fotografischen Nachlaß gelangen die Brecht-Negative und der Öldruck ans Münchner Fotomuseum, wo die Porträts im Juli 1986 erstmals öffentlich gezeigt werden.

Mindenstens zweierlei hat diese – vergleichsweise kleine – Ausstellung bewirkt. Da ist zum einen der Name eines längst vergessenen Lichtbildners wieder aufgetaucht: Konrad Reßler, ein solider Handwerker und anerkannter Fotograf der besseren Augsburger Gesellschaft; zugleich ein exemplarisches Fotografenleben nach 1900 – von den (kommerziellen) Höhen der professionellen Bildnisfotografie bis zum fast völligen Verschwinden dieser Disziplin im Zuge der Amateur- bzw. Hobbyfotografie. Zum anderen wird hier in Bildnissen von seltener Plausibilität der junge Brecht vor Augen geführt, gerade so, wie man ihn bislang allenfalls aus frühen Briefen oder Tagebuchnotizen kannte: keck, lässig, selbstsicher, optimistisch – weil: noch unbeeindruckt von den Leiden des Exils.

Kein Zweifel: Diese Aufnahmen – hier übrigens erstmals publiziert – werden in Zukunft unser Bild vom jungen Brecht bestimmen. In seinem Denken und seinem Charakter freilich bleibt »dieser märchenhafte Mensch« (Frisch) auch nach dem Auftauchen der Fotos, was er im Grunde immer war: nämlich höchst widersprüchlich, vor allem undurchschaubar. Für uns, die »Nachgeborenen«, ganz besonders; nachdem selbst seine Zeitgenossen, die Freundinnen und Freunde mit Brecht ihre Probleme hatten. »Es bleibt rätselhaft, daß Brecht sich einen Stahlsarg verordnet hat«, notiert etwa Max Frisch nach einem Gang zum Grab des Dichters auf dem Berliner Dorotheen-Friedhof. »Wovor soll der Stahlsarg schützen: vor den Machthabern? vor der Auferstehung? vor dem ›Aas mit vielem Aas‹? – Wir haben ihn nicht gekannt.«

Konrad Reßler

1875 25. Oktober: Konrad Reßler in Donauwörth geboren als erstes von vier Kindern; der Vater: Anton Reßler (1846–1903); die Mutter: Ursula Reßler, geb. Martin (1848–1926).

1878 Umzug der Familie von Donauwörth nach Neuburg/Donau; Eröffnung eines Fotoateliers im neuerbauten Haus Bahnhofstraße B 86 (heute B 119) durch den Vater. – Anton Reßler, ursprünglich Lebkuchenbäcker in Weilheim hat sich ab 1871 im Augsburger Atelier »Gebrüder Martin« zum Fotografen ausbilden lassen; 1875 heiratet er die Schwester seiner Lehrherren und macht sich in Donauwörth selbständig.

1881 Besuch der Grund- und Realschule in Neuburg/Donau; anschließend Fotografenlehre im elterlichen Atelier.

1893 Beendigung der Lehre beim Vater; bis Frühjahr 1894 beim »Hofphotographen« Kohler in Heilbronn.

1894 Zweimonatige Tätigkeit bei Andersen & Klemm in Stuttgart; im Anschluß Saisonstelle in Helgoland bei dem namhaften Fotografen und späteren Mitbegründer der »Gesellschaft Deutscher Lichtbildner« Franz Schensky (1871–1957); ab Oktober als Geselle im Atelier »C. Schulz« in Riga und Petersburg.

1895 Rückkehr nach Deutschland; Meldung zum Militär; bis Oktober 1897 Militärdienst.

1898 Ab Neujahr Wiederaufnahme der Tätigkeit in Riga.

1899 1. Januar: ein Semester an der Kunstgewerbeschule in München; ab Juli in Bukarest als »Operateur« bei der Firma »Spirescu«; im Herbst Rundreise durch die Dobrudscha; im Auftrag der Rumänischen Regierung Landschaftsaufnahmen für die Weltausstellung (1900) in Paris.

Bertolt Brecht

1898 10. Februar: Eugen Berthold Brecht in Augsburg geboren. Der Vater: Berthold Friedrich Brecht (1869–1939); die Mutter: Sofie Brecht, geb. Brezing (1871–1920).

1900 1. Februar: Übernahme der Firma »Gebrüder Martin« in Augsburg (Bahnhofstraße 24). – Das gutgehende Unternehmen, gegründet von Ignaz (1843–1895) und Eustach Martin (1851–1913), besteht seit 1870 und gehört damit zu den ältesten fotografischen Betrieben am Ort.

Aufnahme in die (im März 1843 gegründete) »Augsburger Liedertafel«; dort u. a. Bekanntschaft mit Berthold Friedrich Brecht (1869–1939), dem Vater des Dichters Bert Brecht; Kinder- und Familienfotos für die befreundeten Brechts.

1901 Hochzeit mit Maria Haugg; zwei Töchter: Franziska Reßler (geb. 1902) und Anny Reßler (geb. 1904).

1906 Wahl zum »1. Vergnügungsvorstand« der »Liedertafel«; Veröffentlichung von drei Tafeln in der »Photographischen Kunst«.

1907 11. März: Verleihung des »Königlich-Bayerischen Hofphotographen«-Titels.

1909 Druck und Versand einer Werbemappe mit Bildnissen von Bischof Maximilian, Oberbürgermeister Wolfram, Fürst Fugger u. a. Persönlichkeiten Augsburgs.

1910 Herausgabe einer weiteren bebilderten Werbeschrift mit einem Porträt der Fürstin Fugger-Babenhausen, Kinderbildnissen sowie Porträts lokaler Honoratioren.

1912 Versand einer dritten Broschüre mit 12 Bildnisstudien, einem Vorwort über »Kunst und Handwerk in der Photographie« sowie »kritischen Bemerkungen zu der Bilderserie vorliegender Mappe« von Hans Spörl.

1914 Verkauf von Atelier und Wohnhaus Bahnhofstraße 24 durch Franziska Martin, Witwe von Eustach Martin, an Konrad Reßler; Teilnahme am 1. Weltkrieg.

1900 Geburt des Bruders Walter (gest. 1986); Umzug in die Bleichstraße 2.

1904 Besuch der Volksschule »Bei den Barfüßern«.

1908 Eintritt ins Realgymnasium.

1911 Beginn der lebenslangen Freundschaft mit dem späteren Maler und Bühnenbildner Caspar Neher.

1913 Erste literarische Veröffentlichung in der Schülerzeitschrift »Die Ernte«.

1914 Veröffentlichung von Prosatexten und Gedichten unter dem Pseudonym Berthold Eugen in Augsburger Tageszeitungen.

1916 Zeichnet zum erstenmal mit Bert Brecht.

1917	Tod der Ehefrau.	1917	»Notabitur«, Immatrikulation an der Universität München; Teilnahme an medizinischen wie germanistischen und theaterwissenschaftlichen Veranstaltungen.
1918	Rückkehr aus dem Krieg; Hinwendung zur Industrie-, Architektur- und Sachfotografie; Aufnahmen u. a. für die MAN und die G. Haindlsche Papierfabrik; Herausgabe von Bildpostkarten, insbesondere Prominentenporträts, Augsburger Sehenswürdigkeiten etc.	1918	Erste Fassung des »Baal«; Einberufung als Lazarettsoldat.
		1919	Arbeit an »Spartakus« (späterer Titel »Trommeln in der Nacht«); Theaterkritiken für den Augsburger »Volkswillen«; Bekanntschaft mit Lion Feuchtwanger.
		1920	Erste Berlinreise.
1921	Eintritt der Tochter Franziska in das Unternehmen.	1921	Arbeit an »Garga« (späterer Titel »Im Dickicht der Städte«); Abbruch des Studiums; in Berlin Bekanntschaft mit Arnolt Bronnen.
1922	29. September: Mit der Familie Brecht Fahrt nach München zur Uraufführung von »Trommeln in der Nacht« an den Kammerspielen.	1922	29. September: Uraufführung von »Trommeln in der Nacht« an den Münchner Kammerspielen; Hochzeit mit Marianne Zoff; Kleist-Preis durch Herbert Ihering.
		1923	9. Mai: Uraufführung von »Im Dickicht der Städte« am Münchner Residenztheater; Bekanntschaft mit Helene Weigel.
		1924	Endgültige Übersiedlung nach Berlin.
1926	Erste »Weihnachtsausstellung« repräsentativer Bildnisstudien (Öldrucke) in Reßlers Schaukasten Grottenau D 202 (Allianzhaus) und im Stadtgarten; Porträts u. a. von Commerzienrat Gehr und Singschuldirektor Greiner.	1926	Beginn der Marx-Studien.
1927	Porträtsitzung mit Bertolt Brecht; November: Ausstellung im Schaufenster des Lederwarengeschäftes Huith (Bürgermeister-Fischer-Straße/Riegelehaus); Dezember: Zweite »Weihnachtsausstellung« im Schaukasten Grottenau; neben einem Bildbeispiel aus der Brecht-Serie Aufnahmen u. a. von Bischof Maximilian von Augsburg, Professor H. K. Schmid und Oberbürgermeister Deutschenbauer; Besprechung der Ausstellung in der »Münchner Augsburger Abendzeitung« (7. Dezember).	1927	Publikation der »Hauspostille«; Bekanntschaft mit Kurt Weill; Scheidung von Marianne Zoff.

Veröffentlichung von zwei Porträtstudien in der »Deutschen Photographischen Kunst« (1/1927), neben Bildbeiträgen von Erna Lendvai-Dircksen, Minya Dührkoop und Franz Grainer.

1928 Uraufführung der »Dreigroschenoper« im Theater am Schiffbauerdamm in Berlin.

1929 Hochzeit mit Helene Weigel; Bekanntschaft mit Walter Benjamin.

1930 Uraufführung der Oper »Aufstieg und Fall der Stadt Mahagonny« in Leipzig.

1931 Arbeit an dem Film »Kuhle Wampe«; Fertigstellung der »Heiligen Johanna der Schlachthöfe«.

1932 Uraufführung der »Mutter« nach Maxim Gorki im Schiffbauerdamm-Theater; Helene Weigel in der Titelrolle.

1933 28. Februar: Nach dem Reichstagsbrand verläßt Brecht mit Helene Weigel und Sohn Stefan Deutschland; Flucht über Prag und Wien nach Zürich; Aufenthalte im Tessin und in Paris; ab August mit der Familie in Dänemark; öffentliche Verbrennung seiner Schriften durch die Nationalsozialisten (10. Mai).

1934 Bekanntschaft mit Ruth Berlau.

1935 Reisen nach Moskau und New York; Teilnahme am Ersten Internationalen Schriftstellerkongreß in Paris.

1937 14. Mai: Unter dem Titel »Augsburger photographierte Rumänien für die Pariser Weltausstellung 1900« umfangreiche Würdigung Konrad Reßlers in der »Neuen Augsburger Zeitung«.

1938 »Leben des Galilei« abgeschlossen.

1939 Aufgrund der politischen Lage Übersiedlung nach Schweden; Arbeit an »Mutter Courage« und »Der gute Mensch von Sezuan«.

1940 Nach Einmarsch der Deutschen in Dänemark Flucht nach Finnland; »Herr Puntila und sein Knecht Matti«.

1941 Über Moskau, Wladiwostock Ausreise in die USA; in Santa Monica Zusammentreffen u. a. mit Lion Feuchtwanger; Freundschaft mit Charlie Chaplin; Uraufführung der »Courage« in Zürich.

1942 In Hollywood Filmarbeit mit Fritz Lang.

1944 Bombenangriffe auf Augsburg; schwere Schäden an Vorderhaus und Ateliergebäude.

1954 Geschäftsaufgabe durch Konrad Reßler im 79. Lebensjahr; der Fotograf und Bildreporter Heinz Glässel (1920–1970) übernimmt mit seiner Ehefrau den Betrieb; Umgestaltung von Atelier und Wohnhaus; Einrichtung von Läden im Vordergebäude.

1960 27. September: Konrad Reßler stirbt im Alter von 84 Jahren an Herzversagen; Beisetzung auf dem Augsburger Westfriedhof.

1943 Uraufführung von »Leben des Galilei« und »Der gute Mensch von Sezuan« in Zürich.

1944 »Der kaukasische Kreidekreis«.

1947 Verhör vor dem Ausschuß für unamerikanische Umtriebe in Washington; Rückkehr nach Europa; über Paris nach Zürich.

1948 Uraufführung des »Puntila« in Zürich.

1949 Brecht und Helene Weigel beantragen die österreichische Staatsbürgerschaft; Übersiedlung nach Berlin; Gründung eines Ensembles, das sich mit einer Inszenierung des »Puntila« erstmals vorstellt.

1951 Zusammenarbeit mit Paul Dessau, u. a. bei der Oper »Das Verhör des Lukullus«.

1952 Mit dem Berliner Ensemble auf Tournee; »Courage«-Gastspiel in Warschau.

1953 17. Juni: Arbeiteraufstand in Ost-Berlin; in einem Brief an Ulbricht fordert Brecht die »Sicherung der sozialistischen Errungenschaften«.

1954 Umzug vom Deutschen Theater ins Theater am Schiffbauerdamm, das von nun an fester Spielort des Berliner Ensembles wird; Gastspiel in Paris; Preise für Stück und Inszenierung der »Courage«.

1955 Weiteres Gastspiel in Paris; triumphaler Erfolg mit einer »Kreidekreis«-Inszenierung.

1956 Reise nach Mailand zur Premiere der »Dreigroschenoper« im Piccolo Teatro; 10. August: Brecht zum letztenmal auf einer Probe zu »Galilei«; 14. August: Tod durch Herzinfarkt; Beisetzung auf dem Dorotheen-Friedhof in Berlin.

Literaturverzeichnis

Das Literaturverzeichnis beschränkt sich auf die eingesehenen Titel. Im übrigen sei auf die einschlägigen Bibliografien von Klaus-Dietrich Petersen (Bertolt-Brecht-Bibliographie. Bad Homburg/Berlin/Zürich, 1968) und Gerhard Seidel (Bibliographie Bertolt Brecht. Berlin/Weimar, 1975) bzw. Frank Heidtmann u. a. (Die deutsche Photoliteratur 1839–1978. München/New York/London/Paris, 1980) verwiesen.

BERTOLT BRECHT – WERKE/PRIMÄR

Arbeitsjournal. 2 Bde. Hg. von Werner Hecht. Frankfurt a. M., 1974.

Briefe. Anmerkungen. 2 Bde. Hg. und kommentiert von Günter Glaeser. Frankfurt a. M., 1981.

Gesammelte Werke in 20 Bänden. Hg. vom Suhrkamp Verlag in Zusammenarbeit mit Elisabeth Hauptmann. Frankfurt a. M., 1967.

Gesammelte Werke. Gedichte aus dem Nachlaß 1913–1956. 2 Bde. Frankfurt a. M., 1982.

Tagebücher 1920–1922. Autobiographische Aufzeichnungen 1920–1954. Hg. von Herta Ramthun. Frankfurt a. M., 1975.

Texte für Filme. 2 Bde. Frankfurt a. M., 1969.

BERTOLT BRECHT – WERKE/SEKUNDÄR

Arendt, Hannah: Walter Benjamin, Bertolt Brecht. Zwei Essays. München, 1971.

Arnold, Heinz Ludwig (Hg.): Bertolt Brecht I. Sonderband aus der Reihe TEXT + KRITIK. München, 1972.

Arnold, Heinz Ludwig (Hg.): Bertolt Brecht II. Sonderband aus der Reihe TEXT + KRITIK. München, 1973.

Benjamin, Walter: Versuche über Brecht. Hg. und mit einem Nachwort versehen von Rolf Tiedemann. Frankfurt a. M., 1966.

Dyck, Joachim u. a.: Brechtdiskussion. Kronberg/Taunus, 1974.

Frisch, Max: Brecht als Klassiker. In: Gesammelte Werke in zeitlicher Folge. Bd. 5. Frankfurt a. M., 1976. S. 343–345.

Fuegi, John u. a. (Hg.): Brecht-Jahrbuch 1974. Frankfurt a. M., 1975.

Grimm, Reinhold: Bertolt Brecht. 3., völlig neu bearb. Auflage. Stuttgart, 1971.

Grimm, Reinhold: Brecht und Nietzsche oder Geständnisse eines Dichters. Fünf Essays und ein Bruchstück. Frankfurt a. M., 1979.

Hecht, Werner: Aufsätze über Brecht. Berlin, 1970.

Hecht, Werner u. a. (Hg.): Bertolt Brecht. Sein Leben und Werk. Berlin, 1971.

Hecht, Werner: Sieben Studien über Brecht. Frankfurt a. M., 1972.

Hecht, Werner (Hg.): Brecht im Gespräch. Diskussionen, Dialoge, Interviews. Frankfurt a. M., 1975.

Hecht, Werner: Brecht. Vielseitige Betrachtungen. Berlin, 1978.

Ihering, Herbert: Bert Brecht hat das dichterische Antlitz Deutschlands verändert. Gesammelte Kritiken zum Theater Brechts. Hg. und eingeleitet von Klaus Völker. München, 1980.

Jäggi, Willy u. a. (Hg.): Das Ärgernis Brecht. Basel/Stuttgart, 1961.

Karasek, Hellmuth: Bertolt Brecht. Der jüngste Fall eines Theaterklassikers. München, 1978.

Killy, Walther: Über Gedichte des jungen Brecht. Göttingen, 1967.

Knopf, Jan: Bertolt Brecht. Ein kritischer Forschungsbericht. Fragwürdiges in der Brecht-Forschung. Frankfurt a. M., 1974.

Knopf, Jan: Brecht-Handbuch. Theater. Eine Ästhetik der Widersprüche. Stuttgart, 1980.

Kreutzer, Leo: Das geniale Rennpferd. Über Sport und Literatur. In: Akzente, 6/1970, S. 557–574.

Lyon, James K.: Das FBI als Literaturhistoriker. Die Akte Bertolt Brecht. In: Akzente, 4/1980, S. 362–383.

Mann, Otto: B. B. – Maß oder Mythos? Ein kritischer Beitrag über die Schaustücke Bertolt Brechts. Heidelberg, 1958.

Mayer, Hans: Anmerkungen zu Brecht. Frankfurt a. M., 1965.

Mayer, Hans: Brecht in der Geschichte. Drei Versuche. Frankfurt a. M., 1971.

Melchinger, Siegfried: Geschichte des politischen Theaters. 2 Bde. Frankfurt a. M., 1974.

Mittenzwei, Werner: Bertolt Brecht. Von der »Maßnahme« zu »Leben des Galilei«. Berlin, 1962.

Mittenzwei, Werner (Hg.): Wer war Brecht? Wandlung und Entwicklung der Ansichten über Brecht. Berlin, 1977.

Mittenzwei, Werner: Exil in der Schweiz. Frankfurt a. M., 1979.

Neumann, Peter Horst: Der Weise und der Elefant. Zwei Brecht-Studien. München, 1970.

Rilla, Paul: Essays. Berlin, 1955.

Rischbieter, Henning: Bertolt Brecht. 2 Bde. Velber bei Hannover, 1970.

Rosenbauer, Hansjürgen: Brecht und der Behaviorismus. Bad Homburg/Berlin/Zürich, 1970.

Schuhmann, Klaus: Der Lyriker Bertolt Brecht 1913–1933. München, 1971.

Schumacher, Ernst: Brecht-Kritiken. Berlin, 1977.

Sinn und Form. Beiträge zur Literatur. Sonderheft Bertolt Brecht. Berlin, 1949.

Sinn und Form. Beiträge zur Literatur. Zweites Sonderheft Bertolt Brecht. Berlin, 1957.

Tucholsky, Kurt: Gesammelte Werke in 10 Bänden. Hg. von Mary Gerold-Tucholsky und Fritz J. Raddatz. Reinbek bei Hamburg, 1975.

Völker, Klaus: Brecht und Lukács. Analyse einer Meinungsverschiedenheit. In: Kursbuch, 7/1966, S. 80–101.

Vogt, Jochen: Bertolt Brecht. In: Kritisches Lexikon zur deutschsprachigen Gegenwartsliteratur. Göttingen, o. J.

Voigts, Manfred (Hg.): 100 Texte zu Brecht. Materialien aus der Weimarer Republik. München, 1980.

Wekwerth, Manfred: Brecht? Berichte, Erfahrungen, Polemik. München, 1976.

Wyss, Monika: Brecht in der Kritik. Rezensionen aller Brecht-Uraufführungen sowie ausgewählter deutsch- und fremdsprachiger Premieren. Eine Dokumentation von M. W. mit einführenden und verbindenden Texten von Helmut Kindler. München, 1977.

BERTOLT BRECHT – LEBEN

Anders, Günther: Brecht-Porträt. Tagebuch-Aufzeichnungen Santa Monica 1942/43. In: Merkur, 115/1957, S. 838–847.

Anders, Günther: Bert Brecht. Gespräche und Erinnerungen. Zürich, 1962.

Aufricht, Ernst Josef: Erzähle, damit du dein Recht erweist. Aufzeichnungen eines Berliner Theaterdirektors. München, 1969.

Banholzer, Paula: So viel wie eine Liebe. Der unbekannte Brecht. Erinnerungen und Gespräche. Hg. von Axel Poldner und Willibald Eser. München, 1981.

Benjamin, Walter: Briefe. Hg. und mit Anmerkungen versehen von Gershom Scholem und Theodor W. Adorno. 2 Bde. Frankfurt a. M., 1966.

Berlau, Ruth: Brechts Lai-tu. Erinnerungen und Notate. Hg. und mit einem Nachwort von Hans Bunge. Darmstadt, 1985.

Brecht, Walter: Unser Leben in Augsburg damals. Erinnerungen. Frankfurt a. M., 1984.

Bronnen, Arnolt: Arnolt Bronnen gibt zu Protokoll. Beiträge zur Geschichte des modernen Schriftstellers. Hamburg, 1954.

Bronnen, Arnolt: Tage mit Bertolt Brecht. Geschichte einer unvollendeten Freundschaft. Wien/München/Basel, 1960.

Bunge, Hans: Fragen Sie mehr über Brecht. Hanns Eisler im Gespräch. Nachwort von Stephan Hermlin. München, 1970.

Canetti, Elias: Die Fackel im Ohr. Lebensgeschichte 1921–1931. München/ Wien, 1980.

Doehlmann, Martin: Gesellschaftliche Isolierung und progressive Ideologie. Zur Soziologie der Schriftsteller. In: Akzente, 5/1966, S. 468–479.

Esslin, Martin: Brecht. Das Paradox des politischen Dichters. München, 1970.

Ewen, Frederic: Bertolt Brecht. Sein Leben, sein Werk, seine Zeit. Frankfurt a. M., 1973.

Fleißer, Marieluise: Avantgarde. Erzählungen. München, 1963.

Fleißer, Marieluise: Frühe Begegnung. In: Akzente, 3/1966, S. 239–248.

Feuchtwanger, Lion: Erfolg. Drei Jahre Geschichte einer Provinz. Roman. Mit einem Nachwort von Reinhart Hoffmeister. München/Wien, 1980.

Frisch, Max: Erinnerungen an Brecht. In: Kursbuch, 7/1966, S. 54–79.

Frisch, Max: Tagebuch 1946–1949. In: Gesammelte Werke in zeitlicher Folge. Bd. 4. Frankfurt a. M., 1976.

Frisch, Werner/K. W. Obermeier: Brecht in Augsburg. Erinnerungen, Texte, Fotos. Eine Dokumentation von W. F. und K. W. O. unter Mitarbeit von Gerhard Schneider. Frankfurt a. M., 1976.

Giehse, Therese: Ich hab nichts zum Sagen. Gespräche mit Monika Sperr. München, 1973.

Grosz, George: Ein kleines Ja und ein großes Nein. Reinbek bei Hamburg, 1955.

Grube, Frank/Gerhard Richter: Die Weimarer Republik. Hamburg, 1983.

Gründgens, Gustaf: Briefe, Aufsätze, Reden. Hg. von Rolf Badenhausen und Peter Gründgens-Gorski. München, 1970.

Högel, Max: Bertolt Brecht. Ein Porträt. Augsburg, 1962.

Jaretzky, Reinhold: Lion Feuchtwanger mit Selbstzeugnissen und Bilddokumenten. Reinbek bei Hamburg, 1984.

Jens, Walter: Protokoll über Brecht. Ein Nekrolog. In: Merkur, 104/1956, S. 942–965.

Kortner, Fritz: Aller Tage Abend. München, 1959.

Laqueur, Walter: Weimar. Die Kultur der Republik. Berlin, 1976.

Lenya-Weill, Lotte: Das waren Zeiten! In: Bertolt Brechts Dreigroschenbuch. Texte, Materialien, Dokumente. Hg. von Siegfried Unseld. Frankfurt a. M., 1960. S. 220–225.

Maiberger, Erich: Bert Brechts Augsburger Jahre. Sonderdruck aus der Festschrift »Hundert Jahre Realgymnasium Augsburg«. Augsburg, 1964.

Marcuse, Ludwig: Mein Zwanzigstes Jahrhundert. Auf dem Weg zu einer Autobiographie. München, 1960.

Mayer, Hans: Brecht und Augsburg: Ein liebloses Verhältnis. In: Merian, 4/1985, S. 47–50.

Minder, Robert: Die wiedergefundene Großmutter. Bert Brechts schwäbische Herkunft. In: Merkur, 217/1966, S. 318–332.

Müller, André/Gerd Semmer: Geschichten vom Herrn B. Hundert neue Brecht-Anekdoten. München, 1968.

Münsterer, Hans Otto: Bert Brecht. Erinnerungen aus den Jahren 1917–22. Zürich, 1963.

Rühle, Günther: Leben und Schreiben der Marieluise Fleißer aus Ingolstadt. In: Marieluise Fleißer: Gesammelte Werke. Bd. I. Frankfurt a. M., 1972. S. 7–60.

Rühle, Günther (Hg.): Materialien zum Leben und Schreiben der Marieluise Fleißer. Frankfurt a. M., 1973.

Scholem, Gershom (Hg.): Walter Benjamin – Gershom Scholem, Briefwechsel 1933–1940. Frankfurt a. M., 1980.

Schröter, Klaus: Der Dichter, der Schriftsteller. Eine deutsche Genealogie. In: Akzente, 6/1973, S. 168–188.

Sperber, Manès: Die vergebliche Warnung. All das Vergangene... Wien, 1975.

Sternberg, Fritz: Der Dichter und die Ratio. Erinnerungen an Bertolt Brecht. Göttingen, 1963.

Theweleit, Klaus: Männerphantasien. 2 Bde. Reinbek bei Hamburg, 1980.

Töteberg, Michael: Abhängigkeit und Förderung. Marieluise Fleißers Beziehung zu Bertolt Brecht. In: TEXT + KRITIK, 64/1979, S. 74–87.

Völker, Klaus: Brecht-Chronik. Daten zu Leben und Werk. Zusammengestellt von K. V. München, 1971.

Völker, Klaus: Bertolt Brecht. Eine Biographie. München, 1976.

Walter, Hans-Albert: Deutsche Exilliteratur 1933–1950. Bd. I. Bedrohung und Verfolgung bis 1933. Darmstadt/Neuwied, 1972.

Walter, Hans-Albert: Deutsche Exilliteratur 1933–1950. Bd. II. Asylpraxis und Lebensbedingungen in Europa. Darmstadt/Neuwied, 1972.

Weimarer Republik. Hg. vom Kunstamt Kreuzberg/Berlin und dem Institut für Theaterwissenschaft der Universität Köln. Berlin/Hamburg, 1977.

Weiss, Peter: Die Ästhetik des Widerstands. 3 Bde. Frankfurt a. M., 1975–1981.

Wiese, Benno von: Der Künstler und die moderne Gesellschaft. In: Akzente, 2/1958, S. 112–123.

BERTOLT BRECHT – LEBEN UND WERK IN BILDERN

Bertolt Brecht 1898–1956. Zeit, Leben, Werk. Eine Bildmappe von Werner Hecht und Karl-Heinz Drescher. Berlin, 1978.

Brecht. Bilder aus seinem Leben. Hg. mit Förderung des Kultusministeriums Baden-Württemberg von der Landesanstalt für Erziehung und Unterricht. Stuttgart, 1970.

Brecht inszeniert. Der kaukasische Kreidekreis. Text von Angelika Hurwicz. Fotos von Gerda Goedhart. Velber bei Hannover, 1964.

Brecht. Mutter Courage und ihre Kinder. Szenenfotos der Aufführungen des Deutschen Theaters, des Berliner Ensembles und der Münchner Kammerspiele von Ruth Berlau, Hainer Hill und Ruth Wilhelmi. Berlin, 1958.

Brecht/Neher: Antigonemodell 1948. Mit 94 Bildern der Aufführungen in Chur/Schweiz von Ruth Berlau. Berlin, 1949.

Fassmann, Kurt: Brecht. Eine Bildbiographie. München, 1958.

Goedhart, Gerda: Bertolt Brecht Porträts. Zürich, 1964.

Hecht, Werner: Bertolt Brecht. Leben und Werk im Bild. Mit autobiographischen Texten, einer Zeittafel und einem Essay von Lion Feuchtwanger. Frankfurt a. M., 1979.

Kesting, Marianne: Bertolt Brecht in Selbstzeugnissen und Bilddokumenten. Hamburg, 1959.

Die Schauspielerin Helene Weigel. Ein Fotobuch. Texte Bertolt Brecht. Fotos Gerda Goedhart. Hg. von Wolfgang Pintzka. Berlin, 1959.

Schumacher, Ernst u. Renate: Leben Brechts in Wort und Bild. Berlin, 1979.

FOTOGRAFIE – GESCHICHTE/ GESAMTDARSTELLUNGEN

Baier, Wolfgang: Quellendarstellungen zur Geschichte der Fotografie. 2. Aufl. München, 1980.

Benjamin, Walter: Kleine Geschichte der Photographie. In: Das Kunstwerk im Zeitalter seiner technischen Reproduzierbarkeit. Drei Studien zur Kunstsoziologie. Frankfurt a. M., 1966. S. 45–64.

Freund, Gisèle: Photographie und Gesellschaft. Hamburg, 1979.

Gernsheim, Helmut: Geschichte der Photographie. Die ersten hundert Jahre. Berlin, 1983.

Peters, Ursula: Stilgeschichte der Fotografie in Deutschland 1839–1900. Köln, 1979.

Tausk, Petr: Die Geschichte der Fotografie im 20. Jahrhundert. Von der Kunstfotografie bis zum Bildjournalismus. Köln, 1977.

Tillmanns, Urs: Geschichte der Photographie. Ein Jahrhundert prägt ein Medium. Einleitung von Prof. Helmut Gernsheim. Frauenfeld/Stuttgart, 1981.

FOTOGRAFIE –
VON DER KUNSTFOTOGRAFIE
ZUR NEUEN SACHLICHKEIT

Kaufhold, Enno: Bilder des Übergangs. Zur Mediengeschichte von Fotografie und Malerei in Deutschland um 1900. Marburg, 1986.

Kempe, Fritz: Photographie zwischen Daguerreotypie und Kunstphotographie. Hamburg, 1977.

Kempe, Fritz: Kunstfotografie um 1900 in Deutschland. Stuttgart, 1979.

Molderings, Herbert: Fotografie in der Weimarer Republik. Stuttgart, 1979.

Steinorth, Karl: Photographen der 20er Jahre. Mit einer Einleitung von Prof. Beaumont Newhall. München, 1978.

Van Deren Coke, Frank: Avantgarde-Fotografie in Deutschland 1919–1939. München, 1982.

Vierhuff, Hans Gotthard: Die Neue Sachlichkeit. Malerei und Fotografie. Köln, 1980.

FOTOGRAFIE –
PORTRÄTFOTOGRAFIE/
BILDNISSE VON PROMINENTEN

Dichter Portraits in Photographien des 19. Jahrhunderts. Ausgewählt und hg. von Walter Scheffler. Marbach a. N., 1976.

Gosling, Nigel: Nadar. Photograph berühmter Zeitgenossen. 330 Bildnisse aus der Hauptstadt des 19. Jahrhunderts. München, 1977.

Grasskamp, Walter: Augenschein. Über die Lesbarkeit des Portraits und die Handschrift des Fotografen. In: Kunstforum International, 6/1982, S. 14–37.

Hof-Atelier Elvira 1887–1928. Ästheten, Emanzen, Aristokraten. Hg. von Rudolf Herz und Brigitte Bruns. München, 1985.

Honnef, Klaus (Hg.): Lichtbildnisse. Das Porträt in der Fotografie. Köln, 1982.

Keller, Ulrich: Die deutsche Portraitfotografie von 1918 bis 1933. In: Keller/Molderings/Ranke: Beiträge zur Geschichte und Ästhetik der Fotografie. Lahn/Gießen, 1977. S. 37–66.

Krumme, Peter (Hg.): Der (bisweilen) leere Stuhl. Arbeitsplätze von Schreibenden. Frankfurt a. M./Berlin, 1986.

Loescher, Fritz: Die Bildnis-Photographie. Ein Wegweiser für Fachmänner und Liebhaber. Berlin, 1907.

Maas, Ellen: Die goldenen Jahre der Photoalben. Fundgrube und Spiegel von gestern. Köln, 1977.

Maas, Ellen: Photographische Ateliers 1860–1910 und ihre Inhaber. In: Anzeiger des Germanischen Nationalmuseums. Nürnberg, 1977. S. 113–136.

Maddow, Ben: Antlitz. Das Bild des Menschen in der Fotografie. Von den ersten Porträtfotos bis zur Gegenwart. Köln, 1979.

Peters, Ursula: Aufklärung, Volksbildung oder Herrschaftsstrategie? Die Prominenz im Sammelfoto. In: Fotogeschichte, 9/1983, S. 21–40.

Prikker, Jan Thorn: Weltbilder – Gesellschaftsporträts von Sander und Arbus. In: Kunstforum International, 6/1978, S. 20–47.

Ranke, Winfried: Joseph Albert. Hofphotograph der Bayerischen Könige. München, 1977.

Sander, August: Menschen des 20. Jahrhunderts. Portraitphotographien 1892–1952. Hg. von Gunther Sander. Mit einem Text von Ulrich Keller. München, 1980.

Schoch, Rainer: Das Herrscherbild in der Malerei des 19. Jahrhunderts. München, 1975.

Starl, Timm: »Die Photographie ist eine Nothwendigkeit...« Die Atelierfotografie in Österreich im 19. Jahrhundert. In: Geschichte der Fotografie in Österreich. Bad Ischl, 1983. Bd. I. S. 25–52.

Starl, Timm: »Die Rückseite«. Fotokarten als Werbemittel der Atelierfotografen im 19. Jahrhundert. In: Fotogeschichte, 2/1981, S. 13–32.

Starl, Timm: Sammelfotos und Bildserien. Geschäft, Technik, Vertrieb. In: Fotogeschichte, 9/1983, S. 3–20.

FOTOGRAFIE – IN AUGSBURG

Debold-Kritter, Astrid: Augsburg in frühen Photographien 1860–1914. München, 1979.

Gebhardt, Heinz: Königlich Bayerische Photographie 1838–1918. München, 1978.

Mancal, Josef: Augsburg in alten Ansichten. Zaltbommel, 1983.

Seyboth, Gertrud: Wandlungen einer Stadt. Augsburg, 1976.

Wegele, Ludwig: Augsburg, so wie es war. Düsseldorf, 1974.

Technische Angaben

Erhalten sind insgesamt 32 Plattennegative im Format 12,5 x 16,5 cm, wobei es sich um die komplette Porträtsitzung mit Bert Brecht handeln dürfte.

Die Vergrößerungen – zugleich Vorlagen für den Druck – wurden von Sonja Broschinski auf Agfa Record Rapid-Papier (Gradation 3) nach den Originalnegativen angefertigt. Kratzer oder Flecken auf den Platten wurden im Positiv durch Retusche beseitigt.

Als einziger Originalabzug ist ein von Konrad Reßler signierter, allerdings nicht datierter Öldruck im Format 24 x 30 cm überliefert (vgl. S. 5).

Das Verfahren des Öldrucks, 1866 von dem Österreicher Emanuel Mariot entwickelt, wurde um die Jahrhundertwende von den Kunstfotografen aufgegriffen und von namhaften Lichtbildnern – wie etwa Hugo Erfurth – bis in die 20er Jahre benutzt. Nach Kempe (1977, S. 35–36) erhält man Öldrucke wie folgt: »In der Lösung eines doppeltchromsauren Salzes wird ein Papier mit ziemlich dicker Gelatineschicht sensibilisiert und bei Tageslicht unter einem Negativ kopiert. Dabei werden die Lichter des Positivs am wenigsten, die dunklen Stellen am stärksten gehärtet. Im Wasser nimmt die Schicht je nach Härtung mehr oder weniger Wasser in sich auf. Dieses zunächst unsichtbare Bild wird durch Fettfarbe hervorgerufen, die man entweder mit Borstenpinsel mit breiter Fläche oder mit Walze auf die von Wasser befreite Schicht aufbringt.«

Bildnachweis

Stadtmuseum München, Fotomuseum: S. IV(1), IV(2), V(1), V(2), VII(1), VII(2), VII(3), VII(4), VIII(1), IX(3), X(1), X(2), XI(1), XI(2), XI(3), XIX(1), XIX(2), XX(2), XXI(1), XXI(2), XXII(1), XXII(2);
Liselotte Glässel, Augsburg: S. VI(2), VI(3), VI(4), VI(5), VIII(3), IX(1);
Dr. Anny Reßler, Neuburg/Donau: S. V(3), VIII(4);
Archiv des Herausgebers: S. I, II, VIII(2), IX(2), XII, XIII(1), XIII(2), XX(1);
Stadtarchiv Augsburg: S. VI(1);
Archiv G. Haindlsche Papierfabrik, Augsburg: S. XIII(3);
Städtische Galerie im Lenbachhaus, München: S. XV.